湯道

小山薫堂

幻冬舎文庫

湯道

執筆協力・加藤茶子

古くから日本人は、自然を敬いながら生きてきた。
自然を手本として運命に抗うことなく、ただひたむきに精進する……それを人は道と呼んだ。

茶道、華道、香道、そして湯道……。
日本には様々な道が存在するが、そこに到達点はない。
日々の暮らしの中に己の道を見出し、それを磨き続ける。
その向上心こそが、人生を輝かせるのだ。
そう、この物語のように。

♨ 目次

プロローグ……8
三浦史朗の実家……11
秋山いづみと三浦兄弟……24
横山正のささやかな夢……31
ふるさとの味……45
番台の仕事……50
銭湯の流儀……56
梶斎秋の懸念……71
横山正の銭湯通い……81
秋山いづみの日常……87
三浦史朗と常連客……96
小林良子の願い……107
服役囚の楽しみ……115
家元 二之湯薫明の点前……121
梶斎秋の追想……130
太田与一の哲学……138

兄弟の軋轢 144
人生の転機 153
家族の記憶 165
銭湯の帰り道 177
訣別 183
三浦史朗とフルーツ牛乳 193
定年退職 202
探索 209

弟子の憂鬱 215
理想の風呂 220
葛藤 226
まるきん温泉の常連客 244
横山正の夢 246
梶斎秋と湯道 262
秋山いづみとまるきん温泉 275
響桶 278
エピローグ 281

プロローグ

もう一度川へ行けば、準備は整う。

まだ太陽が完全に姿を現さないうちに、男は茶屋を出て3度目の水汲みに川へ向かった。早朝の山は手つかずの新鮮な空気で満ちていて、呼吸をするたびに心地よく、体の中が洗われていくようだった。

数分で川に着くと、男は大きな石に片足をかけ、注意深くバランスを取りながら川の緩やかな流れに桶を入れ、水を汲んだ。そしてその水を河原に置いた大きな樽に注ぎ入れた。これを何度も何度も、繰り返した。樽がいっぱいになると来た山道を戻る。水でたっぷり満たされた樽はかなりの重さがあるが、男はその重みをまったく感じさせない様子で、でこぼこした山道を歩いて行った。

厨（くりや）に繋がる茶屋の裏口から入り、それぞれ片手に携えていた桶と樽を置く。

あとは火だ。

厨の竈（かま）に薪（まき）を一つひとつ丁寧にくべていく。藁に火をつけ、あっという間に燃え上がったそれをすばやく薪に移した。しばらく薪の様子を見てから、男は次に釜を手に取った。黒々した、よく使い込まれている釜。それを軽くなでるように手で擦ってから台の上に置き、樽から柄杓ですくった水を注いだ。半分ほど水を入れた釜を竈の上に置いて、沸くのを待つ。戸を一枚隔てた部屋の向こうから、女のうめき声と、幾人かの声が重なって聞こえてくる。男は竈の火に目をやった。ここまで集中するのは、久しぶりだった。

釜の湯が沸くと、湯杓ですくってたらいに移した。樽に残っていた水もそこに少し注ぐ。時々、高い位置から熱い湯を湯杓で落とし、冷ましながら、たらいの湯を最良の湯加減に導いていく。

集中していると、水がまるで生き物で、それを手懐けているような気持ちになる。ただただ湯の声に導かれるように、男は湯を調えていく。

戸の向こうから聞こえるうめき声が一層大きくなった。そして、ほんの一瞬の静けさのち、赤ん坊の産声が響いた。ああ、ついに生まれた。男は一瞬、湯杓を持つ手を止めた。すでに日は昇り、山は朝を迎えていた。窓からたらいへ陽が射して、きらきらと喜ぶように湯が光っている。

やがて厨に、生まれたばかりの赤ん坊を抱えた助産師が入ってきた。

「女の子です」

赤ん坊は真っ赤な体を震わせながら泣き声を上げている。男がうなずくと、助産師はそっと赤ん坊をたらいの産湯(うぶゆ)に入れた。男の右手が赤ん坊の頭を支える。たらいの中の湯が赤ん坊の全身を包んだ。

数秒も経たないうちに赤ん坊はピタリと泣き止んだものの、少し顔を歪めた。ああ、また泣いてしまうと男は少し焦ったが、しかし赤ん坊はふにゃふにゃと、気持ち良さそうに口を動かした。男は赤ん坊の頭を支えながら、湯杓でお湯を優しく、生まれたばかりの体にかけていった。赤ん坊があまりに気持ちよさそうな顔をしたので、男もついつられて微笑んだ。ふと顔を上げると、初老の女性が、穏やかな笑みを浮かべながら部屋の入り口に立ち、男と赤ん坊を見つめていた。

赤ん坊に産湯をかけていくうちに、自分自身の体や、思考にまとわりついていた濁った澱(おり)のようなものまで、剝がれ落ちていく感覚があった。この子はきっと、風呂が好きになるのではないか。いや、なってほしい。赤ん坊の穏やかな顔を見て、そう感じた。

「湯の道へ、ようこそ」と、男はそっと赤ん坊にささやいた。

三浦史朗の実家

水圧の弱いシャワーの湯を頭から浴びながら、三浦史朗はこんなことを考えていた。

インタビューや取材を受けると、「三浦さんにとって、これまでいちばん大きな挫折は何でしたか?」と質問されることが時々あった。史朗はいつも、答えに困った。というのも、特に大学進学で東京に出てきてからは、これといった滞りもなく、人生は真っ直ぐ順調に進んできたからだ。大学の受験勉強には苦労したが、それは大体の人が通る道だし、入学後は留年もせず、建築学科のゼミは第一希望のところに入れた。親しくなった教授の推薦で、卒業後はそこそこ名の知れた建築事務所で見習いとして働くことになった。卒業制作も学科で3番目に良い評価をもらった。そのため挫折といえば、大学のゼミで厳しい評価をもらったとか、事務所で新人時代にミスをしたとか、ライバルと思っていた同期のアイデアに負けたと思って悔しかったとか、その時頭に浮かんだことを話すことにしていた。生まれ持ってのセンスのようなものはないけれど、努力を重ねて、要領をつかみ、しっかりと立ち回ってきた結果が付いてきているのが、今の自分だ。そう思っていた。

自宅の浴室で、いまや名前も顔もうろ覚えの記者やライターたちを思い出しながら、今こそ取材に来てくれないかなあ、と思った。あの人たちに今なら語れることがたくさん溜まっている。

というのも、最近の史朗は建築家として挫折続きだった。建築のコンペティションにはことごとく落選し、評価も散々だった。これまで細かい仕事をくれたいくつかの仕事先も、ぱたりと連絡をよこさなくなった。原因がわからないので、対処のしようもない。そんなわけがないのだが、皆が一斉に示し合わせて、自分から仕事を取り上げているようにさえ思えた。落選、企画倒れ、また次の機会に、今回は見送らせていただきました。そんな言葉にも、ここ数年ですっかり慣れてしまった。

このままでは本当にダメになる。いや、まだ起死回生のチャンスはある……一日に何度も、頭の中で考えが飛び交った。そんな毎日が続いていることに史朗は疲れ果てていた。

シャワーでシャンプーの泡を洗い流す。暮らしていたのはもう20年近く前なのに、水の流れるその音は、いまだに実家で過ごしていた日々を思い起こさせた。だから史朗は入浴があまり好きではなかった。よほど寒い日や旅行に行った時でもない限り、湯船にもめったに浸からない。

シャワーを止め、トリートメントのボトルに手を伸ばした瞬間、扉の向こうから携帯電話の着信音が聞こえた。心臓が大きな音を立てる。史朗は濡れた体のまま急いで浴室を出て、リビングのテーブルの上に置いた携帯電話をつかんだ。ディスプレイは予想通り、アシスタントの細井の名を示していた。

「はい」

「先生、細井です」

「どうだった？」

平静を装った声で史朗は言った。濡れた体から、水滴がポタポタと床に垂れた。自分のこれからを左右する大切な電話の最中にもかかわらず、あとで床を拭くのが面倒だなと、頭の片隅で考える。

「ファサードのデザイン、大絶賛でした。……けど」

「けど？」

「個人事務所にビルまるごと任せて大丈夫か、と社長が」

「で？」

細井の淡々とした声で、コンペの結果はもうわかったも同然だった。声に覇気を感じないのは電話越しだからなのか、それとも彼女がコンペの結果に、そして自分への関心を失っているからなのか、判断しかねた。

「……ダメでした」

やっぱりな。史朗はため息をついた。

「……わかった」

「それから、今月いっぱいで私……」

「辞めるの？」

「事務所の家賃も溜まっていますし、先生、大変かなって」

「好きにして」

細井の返事を待たずに史朗は電話を切った。もう一度ため息をついて、携帯をテーブルに投げるように置く。水滴で床が濡れている。史朗はタオルを取りに浴室に戻ろうとしたが、ふとリビングの棚に飾っている小さなトロフィーが目についた。棚に近づき、それを持ち上げる。25歳の時に受賞した建築アワードのトロフィーだ。トロフィーのカップの底には埃が溜まっていた。指で埃を取り除こうとするが、手が湿っていたせいか、それはなぞった形のまま史朗の指先にぺたりと貼りついた。

トロフィーをもらうなんて、これから先の人生、もうないかもしれない。

30歳を機に、史朗は新卒で入った建築事務所を辞め、独立した。はじめの3年は前の事務所との付き合いの関係で、仕事には困らなかった。しかし、だんだんと新規の案件は減っていき、自分がうまくやれていたのは、所属していた事務所と、その社長の力がかなり大きかったということに気づかされた。

社長のような、多くの人から賛辞が寄せられる建築家に、自分もいつかなれると信じていたのに。

何人かいたアシスタントも、今では細井一人になった。細井の給料だけはなんとか捻出していたが、もう限界だった。彼女は仕事ができたから、今後はどうにでもなるだろう。

棚の下の段には、未払い通知書の封筒、そして「法要」と物々しく書かれた封筒が乱雑に重ねられている。「法要」の封筒には、東京から遠く離れた、史朗が18歳まで暮らした故郷の町の消印が押されている。

法要は、父のものだ。

父は2ヶ月前に死んだ。その時、史朗はちょうどコンペの準備の真っ最中だった。人員が減った事務所ではリサーチもちょっとした雑事も、すべて自分と細井だけでこなしていたためひどく忙しかった。史朗はそのコンペにすべてを賭けていた。他にも出品しているコンペや、打ち合わせ途中の案件もあったが、どれもうまくいかないだろうという予感があった。

もともと折り合いが悪く、もう何年もまともに口を利いていなかった父親だ。同じくしばらく顔を合わせていないが、一緒に暮らしている弟もいる。自分の現在、そして将来について案ずるのに精一杯だった。常識的には長男である自分が喪主を務めるべきだろうが、父には友人もいないだろうし、近所づきあいもさほどない。葬式に来るのも、きっと銭湯の常連くらいだから、弟一人でも何とかできるだろう。そう正当化して、香典を送っただけで史朗はついに帰らなかった。今しがた落選を伝えられたのが、その時に取り組んでいたコンペだった。身内の死をないがしろにしてまで挑んだ結果がこれか、と思った。

史朗の実家は銭湯を営んでいた。

いや、今もきっと、父を手伝っていた弟が後を継いで営業しているはずだ。

東京で出会った人に、実家が銭湯であることを話したことはほとんどない。付き合っていた相手に実家のことを聞かれた時に、さも温泉旅館であるかのように適当にはぐらかしながら喋ったことはあった。もちろん誰かを連れて一緒に帰ったこともない。父親が、そのまた父親から受け継いで細々と営業していた銭湯。史朗が大学生の時に母が亡くなってからは、3つ年下の弟が父を手伝うようになった。史朗にはそれが信じられなかった。家に風呂があるのが当たり前の時代、銭湯がいまだに存在していることが、どうにもわからない。古い建物で古い商売をしている家を毛嫌いした反動で、史朗は真新しい、最先端のデザインや技術が詰め込まれた建築物に惹かれた。建築の仕事を目指したのも実家へのコンプレックスが大きかったからだ。

自分が何もかもを失ったとしたら、最終的に戻るのはあそこなのだろうか。そう思うと、ひどく気が沈んだ。今、俺が一番心配すべきなのは、俺自身のことだ。建築家として、これからどうするのか。

ふと、頭の中にあるアイデアが浮かんだ。暗闇の中にぼんやりと光が射し込むようなイメージが湧き上がる。史朗はその光を見失わないように急いで頭を回転させた。行く末が案じられる実家の銭湯と、今の自分。点と点を繋げて、それを一つのかたちに仕上げられるかを考える。

その輪郭がぼんやりと見えてきたところで、史朗はやっと浴室へ行き、タオルで体を拭いた。適当な服を身につけるとすぐにパソコンを開いた。開きっぱなしの図面やプレゼンシートを閉じて、新しいファイルを立ち上げる。このままだと湯冷めするとわかっていたが、もう一度シャワーを浴びる気にはどうしてもなれなかった。

1週間後、史朗は新幹線に乗り、実家に向かっていた。

東京からは新幹線で西へ3時間。山に囲まれた盆地で、夏はうんざりするほど暑く、冬は大雪に見舞われる。四季折々の表情が豊かといえばそうだが、史朗に言わせれば季節に振り回されがちな、住みづらい小さな町だった。

駅からバスに乗り、降りてからさらに歩く。そこそこにぎわっている、昔ながらの商店街の中、真っ白な洒落たデザインのスーツケースと、それを引きずるゴロゴロという音はひどく場違いに感じた。

5分ほど歩いて、史朗は実家――「まるきん温泉」に到着した。

建物はかなり年季が入っている。壁はもともと白だったはずだが、今ではすっかり灰色味がかり、薄汚れていた。入り口の壁の下方には青を基調にしたタイルが埋め込まれている。奥には煙突がにょっきりと伸びていて、そこからは細い煙が上がっていた。火を焚いているのか。子どもの頃から何千回と見てきた景色だ。のれんがまだ出ていないということは、開店前だろう。

もし、ここを修繕するとしたら、いくらかかるだろうか？　ていうか、耐震ってどうなっているんだっけ……。史朗はますます弟のことが分からなくなる。よくこんな銭湯を引き継ごうと思ったな。

史朗は鞄からカメラを取り出して、銭湯の外観を何枚も撮った。

思い出のためではなく、新しい仕事のためだった。

のれんをくぐると、木製の下駄箱が並ぶ薄暗いスペースで靴を脱いだ。少し迷ったがスーツケースを靴と一緒に置いていくことにする。正面の左手は赤いのれんの「女湯」、右手が青の「男湯」だ。男湯ののれんをくぐり、史朗は何年振りか自分でも覚えていないほど、久しぶりの実家に足を踏み入れた。

木の匂い。換気用の扇風機が回る音。柱時計の振り子。嫌っていたはずの場所だが、反射的に懐かしさが押し寄せてくる。

「おーい……いるか？」

番台には誰も座っていなかった。どこかで準備をしているか、それかボイラー室か。史朗は番台のそばに立ち、中をぐるっと見渡した。動くたびに床が音を立ててきしむ。脱衣所の木製の棚は古さを隠しきれていないが、よく磨かれているのか清潔感があり、脱衣カゴも乱れなく置かれている。壁には、今も営業しているかあやしい町内の洋品店の広告、「貴重品は番台へ」と印字されたプレート、タオルや石鹼の値段が書かれた紙などが無造作に貼られていた。男湯も女湯も、風呂上がりに銘々がくつろげるように番台の横のスペースには椅子が置かれている。背もたれがあったりなかったり、数人でくつろげるベンチ状の椅子だったり、いかにも気まぐれに、間に合わせ的に寄せ集められた椅子たち。史朗に見覚えがある椅子も、そうでないものもある。そして、空間全体を包み込んでいる温かい湯の気配。

よくいえば古き良き昭和の香りが漂う、気の置けないレトロな空間。好きな人は好きなんだろうな、と史朗は淡々とあたりを見回した。ここで暮らしていた頃は、何で自分の家はこんなにボロいんだろうと苦々しく思っていた。同級生や知り合いに来られるのがたまらなく嫌だった。20年経った今も、ボロい、古いという印象は変わらなかったが、その時以上に劣化している印象も意外にもなかった。悟朗は自分が思っている以上に、丁寧に清掃や手入れをしているのかもしれない。

ふと番台を見ると、赤い花が1本、瓶に飾られていた。花？　と史朗は驚く。番台に花を飾るなんて、母が生きていた時の習慣だ。弟はきれい好きではあったが、こういうことには気が利かない性格のはずなのに。

史朗はまたカメラを取り出して脱衣所や番台、天井や壁などを写真に収めた。そして脱衣所脇の目立たないように取り付けられた扉を開け、階段で2階まで上がった。

2階が三浦家の住居だった。短い廊下を進み、奥にある、かつての自分の部屋の扉を開けた。

部屋にはすでに人がいた。若い女性だった。戸を開けた瞬間に目が合う。史朗ももちろん驚いたが、相手はさらに驚いたようで、「うわっ！」と大きな声を出した。史朗は反射的に扉を閉めた。

「誰⁉」と、扉の向こうから甲高い声がする。

「君こそ誰だよ？」

訳がわからないまま史朗も負けじと応戦する。

「秋山（あきやま）です、秋山いづみ！」

女性の声は扉越しにもはっきりと聞こえるほど明瞭だった。史朗はピンと来て言った。

「……もしかして、悟朗の彼女？」

悟朗、というのが弟の名前だ。

「違います。バイトです、住み込みの」

住み込み？　こんな銭湯に？　嘘だろ？

「とにかく開けてよ」

史朗は扉を叩いた。自分の場所に入り込まれていることに、時間差で腹が立ってきた。ここはれっきとした自分の家であり、部屋なのだから。

「大きな声、出しますよ」

「ここ、俺の部屋なんだけど」

「……え？」

やっと扉が開いた。いづみと名乗った女性が、扉の陰から顔を見せる。年齢は20代の半ばくらい、大きな目が印象的で、長い髪を後ろで一つに束ねていた。明るいピンクのスウェットがよく似合っている。

「俺、この家の家主」

史朗は大きな声でゆっくりそう言った。

「家主は三浦悟朗さんです」

いづみはあっさりとそう言った。史朗はそのあっけらかんとした態度に少しいらついた。

「その兄、三浦史朗」

「兄弟がいるなんて初耳です」

史朗はフッと笑った。

「東京で活躍する建築家と田舎の時化た銭湯の主人。出来が違い過ぎるから、恥ずかしかったのかも」

いづみは目を丸くする。が、すぐに柔和な表情と優しい声色で言った。

「建築家って、そんなに恥ずかしくないですよ」

「そっちじゃないって！」

史朗がそう言うのと同時に、1階の方から声がした。

「おーい、のれん出して」

史朗は思わず、階段がある方を振り返った。久々に聞く、弟の声だった。その声は記憶よりもやや低い気がした。

「今、降ります！」

いづみは史朗をさっとよけて部屋から出ると、階段に向かってそう叫んだ。

これから悟朗としなければならない話のことを思うと気が重かったが、ここまで来たからには仕方がない。

「出来の悪い弟と久しぶりの再会だ」

史朗はひとりごとを言ったつもりだったが、いづみにも聞こえていたようで、不思議そうな顔でこちらを振り返ってきた。

秋山いづみと三浦兄弟

働く上で、秋山いづみには大切にしていることがいくつかあった。そのうちの一つはなるべく機嫌よくいること、だった。自分の身に何が起こっていようとそれは一緒に働いている人にも、お客さんにも関係ない。自分のためにももちろん相手のためにも、機嫌よくいる方が絶対に損はないのだ。

そういうわけで、横柄（おうへい）な態度で、ここは自分のいるべき場所ではないけどしょうがなくいます、と言いたげな雰囲気を醸（かも）し出している三浦史朗が、いづみは気に食わなかった。悪い人ではないのかもしれないけれど、一緒に働きたくはない。バイトで同じシフトに入っていたら、面倒だなと思うタイプだ、などと、番台に座りながらこっそり考えていた。

悟朗は黙々と脱衣所の掃除をしている。史朗を脱衣所まで連れてきたいづみは兄弟の久しぶりの再会に立ち会ったが、それはかなり冷え切っているようだった。あまり似ていない兄弟だった。突然現れた史朗に、悟朗はかなり驚いた様子だった。史朗は「よお」などとあいさつを口にしたが、悟朗は冷たい目で兄の顔を睨（にら）むように見ただけだった。

悟朗の父親は2ヶ月前に亡くなったと聞いていた。いづみがまるきん温泉に住み込みのバイトとしてやってきたのは、その2週間ばかりあとのことだった。少し前の四十九日の法要にはいづみも参加させてもらった。その場に史朗の姿はなかったし、悟朗の口から兄の存在についてまったく聞いたことがない。久しぶりに帰ってきた、ということは、史朗は父親の葬式にも出なかったのか、と気がつき、いづみは悟朗の態度を当然だと思った。殴ったり怒鳴ったり、すぐに追い出したりしないだけ偉い、私ならちょっと軽く殴っちゃうかもなあ、などと、無責任なことを考えた。

悟朗にならい、いづみも普段通り番台周りの準備を進めた。扇風機の作動確認、それから花瓶の水を替える。まずは釣り銭の準備でもするとしよう。史朗はコートを着たまま、椅子が密集するあたりに突っ立っている。いい生地のコート、でも流行は2年くらい前かな？　と、いづみは史朗のコートを見る。取れかけのボタンや、裾に寄ったシワが気になった。

一方の悟朗は、そもそも流行も何もない、青っぽい何ともいえない色合いのはんてんのような羽織を着ている。着古されてはいるが、よく手入れされているのか、悟朗によく馴染んでいて着心地は良さそうだった。

手持ち無沙汰なのか、史朗は鞄から何かを取り出した。

「これ、お土産」と、悟朗の背中に話しかける。

悟朗は無視して、今度は冷蔵庫の中の牛乳瓶をきれいに整列させている。

「…………」

完璧に無視された史朗は、きれいに包装された箱を、番台に座るいづみに差し出した。

「なかなか買えないんだ、このチョコレート」

「甘いもの、苦手なんで」

いづみは箱をゆっくりと史朗の方へ押し戻した。

「よかった、カカオ80％だから苦いんだ」

史朗は負けじと箱を押し返す。面倒になったので箱をそのままにしておいた。常連さんの誰かが欲しがったら、こっそりあげてしまおう。

片手に掃除用の雑巾を持った悟朗がゆっくりと近づいてきた。

「何しに来たの？」

いづみがこれまで聞いたこともないような、そして今後も自分には決して向けられないであろう、冷ややかな声で悟朗は兄に話しかける。

「冷たいな。お前のことが気になって……」

史朗がムッとしたように喋り始めたが、悟朗はすぐにそれを遮った。

「親父の葬式にも来なかったくせに」

「あの時は忙しかったんだよ」

「今は暇なんだ？」

小馬鹿にしたような悟朗の口調。史朗もいらいらとした態度を隠そうとせず、半笑いで言った。

「銭湯なんて、やってて楽しい？」

悟朗はすぐに背中を向け、また脱衣所の掃除を始めた。答えるつもりはないようだ。

「どんな時にやりがい感じるの？」

史朗は弟に言葉を投げつけるのをやめない。

「………」

兄の言葉を徹底的に無視する悟朗を、いづみは心の中で、いいぞいいぞ、と応援する。

「女湯は準備オッケーです」

いづみは明るい声で悟朗に呼びかけた。

史朗の「やってて楽しい？」「やりがい感じるの？」という言葉を、いづみは白けた想いで聞いていた。あるに決まっているし、楽しいに決まっているのに。

その時、女湯の扉が開くガラッという音がした。

「いらっしゃいませ！」

入ってきたのは、常連客の良子(りょうこ)だった。年齢はいづみの母親より少し上だろうか。ふっくらとした顔はいつもにこにことしていて、人当たりもいい。良子と何気ない話をするのを、いづみはいつも楽しみにしていた。

「あら、悟朗ちゃん」

いつもはボイラー室にいる悟朗の存在が珍しかったのか、いづみに入浴料を渡しながら良子が声をかけた。ずっと真顔だった悟朗は、やっと微笑んだ。

「一番乗りだから、今なら歌い放題ですよ」

「それ、ねらって来てるのよ」

良子はそこで、見慣れない史朗がいることに気がついたようだった。史朗は軽く会釈をした。

「どうも、兄です、悟朗の」

「へぇ～、こんないい男が番台に座ったら、女性客も増えそうね」

良子は笑いながら、いづみにも同意を求めるように「ね」と言った。いづみは曖昧に笑いながら、良子にお釣りを渡した。良子の手は柔らかくいつでもあたたかい。いづみは良子の手が好きだった。いろいろなことを受け止めて、それを柔らかさに変えてきたような手。

「早く仕事覚えて、座ってね！」

良子の姿が脱衣所へ消えると、史朗はハッと鼻で笑った。

「毎日ああいう人の相手して、大変だな」

その嫌みたらしい口調にいづみはいよいよ不愉快になり、言い返そうと口を開きかけたが、悟朗の方が一足早かった。

「仕事、うまくいってないの？」

「は？」

「突然帰って来るなんて、不自然じゃない？」

「……別に」

「カッコ悪いよ」

「……何が？」

「困った時だけ、田舎にすがるの」

顔を上げた史朗は素早く悟朗に近づき、そのまま胸ぐらを掴んだ。あっ、と、いづみは思うが、すぐには体が動かない。悟朗は平然と兄の目をにらみ続けている。史朗の体がわずかに動いた瞬間、女湯から歌が聞こえてきた。

良子の歌だ。いづみは思わず、女湯の方を見た。良子は歌が上手い。仕事終わりに誰もいない一番風呂で、好きなだけ歌うのが良子の習慣だった。史朗も驚いたのか、耳をすませているようだ。

〈けんかをやめて　二人をとめて……〉と良子が口ずさむ歌詞が目の前の状況にぴったりだったのでいづみはつい笑ってしまった。史朗もその歌で冷静になったのか悟朗から乱暴に手を離した。

「……また来るわ」

史朗はそれだけ言うと、男湯の戸から出て行った。やがてスーツケースを引くゴロゴロという音が聞こえ、それも遠ざかっていった。

史朗が出て行った後も、悟朗はしばらく黙っていたが、やがて小さな声で「ごめん、いづみちゃん」と言った。

いづみは、史朗について軽口のひとつでも叩こうとしたが、悟朗が疲れた顔をしていたので、何も言わないことにした。

横山正のささやかな夢

　横山は配達が好きだった。二輪車の免許も持っていて、バイクで配達をしていた時期もあったが、再び自転車を選ぶようになった。きっかけはこの町の郵便局への転勤だった。横山が生まれ育った町だ。高校を卒業後、郵便局へ就職した横山が、最初に配属されたのが地元の郵便局だった。その後、転勤を繰り返したのち、15年前に再び戻ってきた。幼い自分が生まれ、育った街で、再びペダルを漕いでみたいと思ったのだ。久しぶりに自転車で走る町は記憶よりもずっと坂が多く、はじめは息が上がって仕方がなかったが、辛抱強く走り続けるうちに慣れていった。運動があまり得意ではない横山にとって、足を動かせばとりあえず進んでくれる自転車は相棒としてぴったりだった。しんどくなったり、飽きたりすればまたバイクに戻ればいいと考えていたが、間もなく定年を迎える今になるまでついに飽きることはなかった。

　雪もすっかり溶け、緑が少しずつ顔を出し始めた道を走りながら、自分が補助輪なしで自転車に乗れるようになったのは、人よりもずっと遅かったと、もう50年近く昔のことを思い出す。小学校3年生の頃だったか。なかなか補助輪を外そうとしない幼い横山に父親は物足りなさを覚えたのか、毎週日曜日、原っぱで特訓をすることになったのだ。5度目の特訓でやっと乗れるようになった時の父の喜びようはすごかった。横山は自分が大きな手柄を立てたような気持ちになり、それからは毎日自転車に乗って遊びに出かけた。高校も自転車で通えるところを選んだ。

しばらく走ってから、古道具店の「阿閑堂（あかんどう）」の前で自転車を停めた。入り口に「湯道四百二十周年記念　大湯道具展」と書かれたポスターが貼られていた。年季が入った建物の開けっ放しの扉から中へ入ると、小上がりで店の主人である男が一人、じっと何かを読んでいた。きっと古道具のカタログだろう。

「はい、郵便」

横山は主人に封書2つとはがき3枚を渡した。そして自分も小上がりに腰を下ろし、店内を何とはなしに眺める。決して広くはないが、背の高い棚には厳選された品物がぎっしりと並べられている。

「ああ、横山。いいのが入っているよ」

主人は横山を手招きし、文机の上に置いてあった桐の箱を横山の前に置いた。美しい箱を見るなり、横山の胸は期待と好奇心で高鳴る。しかし、すぐにあまり期待しすぎないように努めた。阿閑堂は仕入れるものの質が良い分、値段もそれなりだ。いくら幼なじみとはいえ、主人は簡単に融通が利く相手でもない。それでも、主人の手で桐箱の蓋が開けられるのを、横山は瞬きもせずに待った。わざわざ見せてくるということは、きっと湯道関連の何かだ。

「ほら」

桐箱の中身は、檜製の風呂桶、湯杓、腰掛椅子だった。一目で良いものだとわかる。絶対に買えないだろうが、見るだけ見てみたい。そんな気持ちを察して、主人はにやりとして「どうぞ」と言う。横山は一つひとつ、手に取ってじっくりと眺めた。

「もしや、初代・薫東の誂え品？」

「さすが、お目が高いね！」

「ということは、桃山？」

湯道のこととなると、思わず声が弾む。主人はそんな横山を面白がるように、にやにやしながら大げさにうなずいた。宝物を見せ合う子ども同士のようだ。

「そう、二之湯家から秀吉に献上された、幻の湯道具一式だよ」

二之湯家から秀吉へ。それはまさしく、この上ない超一級品だ。横山はあわてて道具を箱に戻した。

「いやあ、庶民には無理、無理」

「お道具は一期一会だよ。それにアレ、もうすぐだろ？」

「アレって？」

「退職金。いくら出るの？」

「いやいや、大したことないよ」

　横山は笑いながら否定した。本当に、大したことない額なのだ。

「またまた！　だって自宅のリフォーム、檜風呂入れるんだろう？」

「カタログを取り寄せただけ」

「湯の道に足を踏み入れたんだから、いいんじゃないの？」

「そりゃあ、檜は夢だけど」

　檜風呂は横山の長年の夢だ。42年間、派手に道を踏み外すこともなく、これといった文句も言わずに、コツコツと働いてきた。しかし、そんな働く自分を支えてくれた家族がいたのも確かだ。好き勝手に使うわけにもいかない。古い風呂場をリフォームすることは決まっているが、それを檜風呂にできるかどうか。妻にはそれとなく伝えているが、気のない反応を見ると、実現できるかどうかは微妙なところだ。

　でも許されるものなら、その地味な勤労に報いを与えるように、パーッと自分勝手に使ってしまいたい。神様に言いたくなる。自分のこれからの門出を祝うように、何かご褒美(ほうび)のようなもの、檜風呂があってもいいのではないでしょうか？　と。そして、もしも檜風呂が本当に我が家にやって来るとしたら……お道具にお金をかけられるのは、まだまだ先になる。

「じゃあ、これはどうだい？」

主人が取り出したのは、漆の水呑みだった。横山は目を丸くした。

「江戸中期の水呑み。二之湯家の家紋入り！」

それは横山が憧れてやまない逸品だった。しかし、とても手を出せるものではない。横山は水呑みをじっくりと眺めただけで、値段は聞かなかった。

その日、仕事を終えた横山が向かったのは「湯道会館」だ。この一帯では最も敷地が広く、風格のある日本家屋。湯道の家元の自宅、そして稽古場が併設されている。呼び鈴を鳴らし、中に通してもらう。門下生用の控え室に入ると、すでに何人かが稽古用の作務衣に着替えているところだった。挨拶を交わしながら、空いているスペースに荷物を下ろした。横山が湯道に入門したのは、つい最近のことだ。定年後でもよかったのだが、我慢できずに年明けから通い始めた。今のところこの稽古場では最年長だが入門歴はいちばん浅い。しかし、居心地はとてもよかった。門下生のうちはこれといった上下関係もなく、のんびりとした雰囲気が漂っているのも理由の一つかもしれない。稽古場へ行くと横山は末席に座り、稽古が始まるのを待った。

稽古場は十畳ほどの広さで、床には瓦が敷かれている。部屋の前方には、大きな檜で誂えられた浴槽と、水風呂用の樽が置かれていた。これほど美しい風呂を、横山は見たことがない。

襖が開く微かな音がした。門下生全員の目が前を向く。一人の男が、ほとんど足音を立てずに広間に入ってくる。

二之湯家の業躰の梶だ。業躰とは、住み込みで家元の身の回りの世話を担う内弟子であり、師範のトップであるいわばエリートだ。業躰、という響きから、横山は年配の男性を想像していたが、実際その座に就いているのは自分より20歳は若いであろう青年だった。長身で姿勢が良く、いつも紺の着物を身にまとっていた。ほとんどが自分よりも年上の門下生たち相手に、いつも淡々と湯道の精神を説き、所作の説明や点前を披露し、指導する。そのどれもが的確で、門下生たちからの信頼も厚い。横山は時折、稽古後に梶を引き止めて質問をすることがあったが、その時は鋭い雰囲気が少し落ち着いて、時折、笑顔も見せた。横山がすんなりと湯道会館の雰囲気に馴染むことができたのは、梶の柔軟な教え方も影響していたかもしれない。

「家元、療養中につき、本日も業躰の梶がご教授いたします」

座ったまま、「さて」と、梶は床にちらりと目をやった。門下生たちも一斉に目線を、左手の床へ動かす。そこには「湯道温心」と書かれた掛け軸が掲げられている。

「本日の掛け物は、『湯道温心』。家元の祖父にあたる二之湯家十四代、薫火の書です。湯は心を温めるためにあるという、湯道の根幹にある精神。つまり初心忘るべからず、という家元からのメッセージでしょう」

梶はゆっくりと門下生たちを見回す。

「本日は横山さんが入門されて、ちょうど5回目に当たります」

突然、自分の名前が出てきたので横山は驚いた。

「業躰としての入浴点前を、私、梶が披露させて頂きます」

門下生たちが小さくどよめく。家元はもちろんだが、その最高位の内弟子である業躰の点前も、見る機会は少ないのだ。

梶は無言で浴槽に向かい、手を合わせて合掌をした。点前の始まりだ。いつの間にか、もうひとり、着物をまとった弟子が右手に現れ、解説用のめくりの側で構えていた。めくりは、〈合掌〉と筆文字で書かれていた。梶が実践している作法の名称が示されるようだ。横山はどんな小さな変化も見逃さないよう目を凝らした。

梶は小さな檜の台に乗せられた漆の器を手に取り、ゆっくりと口をつけた。これは入浴前に水分補給をする〈潤し水〉だ。そして立ち上がり、着物の帯を華麗な手付きで解いた。着物を脱ぎ、畳み、その上に風呂敷を静かに重ねる。何気ない所作のすべてが美しかった。めくりは〈衣隠し〉を示していた。

横山は湯気の奥にある梶の姿を見つめ続けた。遠目でも、梶が若々しい、美しい体軀の持ち主であることがよくわかった。いよいよ、〈湯合わせ〉だ。梶は右手で取った桶を左手に渡し、優しく湯をすくい、丁寧にかけ湯を行った。梶の体を伝う湯の流れが模様のように輝く。門下生たちは、湯の筋が肌の上でどんな模様を描いているのか、それをしっかりと見届けようと前のめりになる。

まだ入門して間もない横山にも、梶の点前がどれだけ見事なのかはすぐにわかった。一点の隙も緩みもなく、それでいて柔らかさもある。家元の補佐役、師範クラスの頂点である業躰の点前がこんなに素晴らしいのならば、家元という人は、一体どれだけすごいのだろう？横山より数年早く入門した人でも、姿を見かけたことはあっても、点前を見るまでには至っていないと聞いたことがある。

めくりは、〈入湯〉を示している。湯屛風で下半身を隠しながら、梶は、右足から浴槽に入れ、身体をゆっくりと湯に沈めた。湯の水位が、梶の体が沈むのに比例して徐々に上がっていく。あふれる……！　横山をはじめ、部屋に集った弟子たちは皆、息を呑んだ。が、梶の体が完全に浴槽に浸かりきると、湯は縁の頂点で、ぴたりと止まった。もちろん一滴もあふれていない。横山たちがそのことに気づくと同時に、またもめくりがめくられる。そこには〈縁留〉とあった。ああ、これが「縁留」！　横山は本や動画でしか知らなかった知識が、目の前で形となって立ち現れたことに興奮を覚えた。

梶は目を瞑り、「ふぅ」とため息をついた。それが合図のように弟子たちは一斉に拍手を送った。

「湯の一滴さえも慈しみ、縁のギリギリで留める。十六代家元はこれを縁留と名付けました」と、湯に浸かったまま梶は弟子たちに語りかける。

「このように二之湯家においては、家元襲名の際、新しい作法を一つ考案して発表するという習わしがあります。つまり、湯道の作法とは優れた湯人たちの足跡でもあるのです。ここまでで、何かご質問は？」

横山にはどうしても気になることがあった。おそるおそる手を挙げた。

「横山さん」

名前を呼ばれた横山は立ち上がり、一礼をしてからなるべくはっきりとした声で質問をした。

「ひとりで入浴する時も、作法は必要なのでしょうか？」

梶は微笑み、そして答えた。

「『ひとりの慎み』という言葉を覚えてください。人に見られていない時こそ、本当の自分が試されるのです。湯が道となった所以がここにあります」

横山は、答えに感動したことを示すために大きくうなずき、また一礼をした。

稽古を終え、他の門下生たちが退室するのを待っていた横山は、梶に呼び止められた。すでに着物を着込んでいた梶は横山に厚みのある封筒を渡した。中を確認すると、「第十六代家元二之湯薫明監修　湯道教室」と題されたＤＶＤが入っている。入門してすぐの頃に注文した教則用ＤＶＤだった。

「ありがとうございます！」

「家元の具合も落ち着いて参りましたので、次回にはきっと稽古も……」と、梶が言う。

「よかったです。でも、私みたいな新参者は、緊張します」

「誰でも初めての時はそうですから、どうぞお気楽に」

柔らかく微笑む梶に、横山は深々と頭を下げた。

初めて入浴点前を目にしたことで、湯道への気持ちがさらに高まっていた。夕飯もそこそこに、「湯道教室」を茶の間のテレビで見始めた。

〈身体を温めたところで、一度、湯から上がり、水を浴びます。これを湯道では、「垢離（こり）」と呼びます。そして、この温と冷によって引き締められた精神を解きほぐす「風酔い」と続きますが、正式な湯会ではこれらを三度繰り返します。湯会を重ね、湯の点前が上達するほどに段位はあがり、手ぬぐいの色も青、黒、そして赤へとランクアップしていきます。〉

　横山が持っているのは、もちろん、青の手ぬぐいだ。

　……画面の中で展開されていく入浴作法を夢中で目で追っていると、「お父さん！」と、背後から大きな声で呼ばれた。まだ夕飯をとっている最中の妻の雅代（まさよ）と長女の冴香（さえか）、次女の舞香（まいか）だ。冴香は就職して3年目、舞香は大学生だ。

「ん？」

　目線はＤＶＤに向けたまま横山は応える。

「退職金の使い道、考えたんだけど……」と、雅代。

「お姉ちゃんの披露宴に、だよね？」と次女の舞香が言うと、「舞香は卒業旅行？」と冴香が言う。

「私の旅行もだけど、お母さんは着物欲しいんでしょ？」

　おしゃべりな3人にしては珍しいゆっくりとした口調。横山は嫌な予感を覚える。目の前の湯道の世界に集中しようとする。

「でも、これだとちょっと予算がオーバーしそうなの。それでねお父さん、相談なんだけど、お風呂の改修って、必要？」

「………………」

「ほら、そのうち引っ越すかもしれないし。私も結婚して、出ちゃうしさ」

「その時、大きなお風呂作ればいいじゃん」

横山はリモコンで一時停止ボタンを押した。そして、家族の方を振り向く。

「父さんはな、40年間、家族のために真面目に働いてきた」

思っていた以上に、淡々とした声が出た。

「贅沢もせず、唯一見つけた趣味が風呂なんだ。風呂に浸かるたび、ささやかな幸せが生まれる。風呂は、夢であり、希望だ。分かってもらえないかな？」

喋っているうちに、目にうっすらと涙が滲んできた。今日の稽古のせいか、気持ちが高ぶっているのかもしれない。押しに弱く、大抵のことを受け入れてきた父親の初めてともいえる主張。家族は動揺したようだった。

「お父さん、冗談よ！　ねぇ」

「そうだね、このまま計画通り、進めようよ！」

「新しいお風呂、楽しみ！」

冴香と舞香は演技でもしているように顔を見合わせて明るく笑った。

「まあ、さすがに檜風呂は、予算的に厳しいけどね」

横山は一瞬、ほっとしたが、雅代が何気なく口にしたその一言に顔が引きつった。

「どうしたの？」

「なんでもない」小さな声で返すのが精一杯だった。


家族が寝静まった夜半過ぎ、横山は家の小さな風呂に浸かった。風呂には２００㎖の豆乳の紙パックを持ち込んだ。家族からは「貧乏くさいからやめてよ」と嫌そうな顔をされるが、ほの甘い豆乳をストローで少しずつすすりながら湯に浸かるのは、日常のささやかな幸せだった。こればかりは、邪魔しないでほしい。

ひび割れのある年季の入ったプラスチックの浴槽と、湯気が立ち込める狭い空間。箱売りされている温泉のもとを入れられた、白く濁った湯。横山は、今日の稽古で見た梶の点前や、美しい所作で扱われていた水呑み、そして檜の浴槽を思い返す。憧れの檜風呂は、やはり手に入らないのだろうか。自分が秘かに思い描いてきた小さな夢。人生の中で、唯一極めたいと思い、勇気を出して一歩踏み入れた世界。あの凜とした美しい世界に、この人生では、たどり着くことはできないのだろうか。横山は修業にかける想いが萎みそうになるのをなんとか堪えた。自宅に檜風呂を作ることと、湯の道を極めることに直接の関係はない。しかし、やはり自分には縁がない世界なのか。では、自分は何のために働いてきたのか。これから先、どんなことを楽しみに生きてゆけばいいのか？　夜中の一人きりの風呂場で、横山は気がつくと涙を流していた。

ふるさとの味

　勢いで実家を飛び出した史朗は、すぐに後悔をしたがもう遅かった。もちろん悟朗もいづみという女の子も追いかけてこない。家の中には少しの間しかいなかったはずが、もう日が暮れそうだ。もうすぐ春とは言え、寒さが身にしみる。史朗はじっと、「まるきん温泉」の看板を見つめた。そもそも温泉じゃないんだよなあ、井戸水を沸かしているだけだし……などと考えていると、背後に人の気配を感じた。

　振り返ると、一人の老人が、斜向かいのラーメン屋の前に立ち、こちらをじっと見つめている。目が合い、史朗はぎょっとする。老人は着古した外套を羽織り、髪は伸び放題で白いひげを蓄えている。しかし、洗いざらしの布のような、妙な清潔感がある。髪と髭に覆われた顔から覗く目線は鋭く、史朗は目をそらすことができない。

　老人はしばらく史朗の顔を見つめていたが、何も言わず、先に目をそらした。史朗はやっと体の力を抜いた。老人は、傍らに置いたリヤカーを手に取り、それを引いて、まるきん温泉のボイラー室の方へと消えていった。リヤカーの半分を占めるほどの量の廃材が積まれていた。

あの老人もアルバイトか、業者か何かなのだろうか。それにしては迫力がありすぎる。悟朗は一体どういう商売をしているんだ？　しばらく考え込んでいたが、やがて史朗はスーツケースを転がしながら、歩き始めた。とりあえずここから離れようと思った。

足が向くまま進んでいくうちに、馴染み深い景色が目に入ってきた。食堂「寿々屋」だ。確か主人は、父の同級生だと聞いたことがある気がした。店の札は「営業中」だ。この店に最後に来たのはまだ高校生の頃だ。大学で東京に出るとほとんど帰省せず、帰っても何もない街がすぐに嫌になり、東京に戻った。

子どもの頃は、ここで食事をするのが楽しみだった。さっきは目を合わせなかった弟と、仲良く並んでちゃんぽんや皿うどんをすすっていた。

「よかった、まだ続いていたんだ」

少し迷ったが、のれんをくぐり、引き戸を開けた。途端に、鶏ガラや醤油のにおいが鼻に入ってきた。ふっと気が緩む心地がして、史朗は心がずっと張り詰めていたことに気がついた。

「空いているお席にどうぞ！」

大音量で店のテレビを見ていた女性が、こちらをちらりと振り返りながら威勢のいい声で言った。史朗は4つ並ぶテーブルのうち、入り口からいちばん手前に座った。このテーブルも、記憶にあるものと変わらない気がする。ふと、店の奥の方を見やると、厨房に立つ男性と目が合った。あ、大作おじさんだ、と史朗はすぐに気がついた。頭に手ぬぐいを巻いているところも変わらない。おじさんはずっとこちらを見つめてくるだけで、何も喋らない。にらまれているようでもある。史朗は居心地の悪さを覚えた。名乗った方がいいのか迷っているうちに、女性が水をテーブルまで持ってきた。

「何にしましょう?」

「じゃあ……皿うどんをお願いします」

女性は史朗の顔を「あら……」と覗き込んでくる。「もしかして、三浦さんのところの史朗ちゃん?」と叫ぶように言った。この女性は瑛子おばさんだ。昔と変わらず、痩せていて声が大きい。鮮やかな黄色のエプロンがよく似合っていた。夫婦は、亡くなったばかりの父親と確か同い年のはずだ。史朗は大作の目線を気にしながら、「ご無沙汰しています」と言った。

「史朗ちゃん！　あらぁ、垢抜けて……おばちゃん、分からんかった。東京で成功した人は違うね。建築家になったんでしょう?」

瑛子は史朗の肩をポンポンと叩いた。

「いえ、そんな」

「お父さんの葬式はどうしたの？」

途端に瑛子は、小さな子どもを叱る時のように、史朗の顔を覗き込み、少し声を低くして言った。

「……仕事が忙しくて」

「悟朗ちゃん、ひとりで頑張ったのよ」

言い訳が見つからなかった。他の人なら誤魔化せただろうが、自分を小さい頃から知る人に下手な嘘を言ってもしょうがないとわかっていた。なぜ、家族の思い出が詰まった店に入ろうと思ったんだろう？　今日何度目かの後悔と、いらだちが胸の中で大きく広がる。

黙り込む史朗を前に瑛子は小さくため息をつく。そして気持ちを切り替えるように大きな声を厨房に放つ。

「ねぇ、ちょっと！　ほら、三浦さんところの史朗ちゃん。皿うどん1つ！」

大作が厨房からやっと顔を出した。史朗は大作を見て、思わず会釈をする。が、大作は首を横に振った。

「もう、火、落としたんだ。終わり！」

大作は唸るようにそう言うと、お玉でフライパンをカン、カン、カン、と打ち付けた。

「ちょっと！」

瑛子がたしなめるが、大作は厨房の奥へ引っ込んでしまったようだ。

「ごめんねえ、あの人年取ったらますます頑固になって」

父親の葬式に顔も出さなかった自分のことを、よく思っていないのだろう。それもそうか、と史朗は思う。「すみません」と言いながら、史朗は立ち上がった。

瑛子はそれでも引き止めるように、「ごめんねえ」と繰り返し、「こっちにはいつまでいるの？　忙しいから、またすぐあっちに戻るんでしょ？」と聞いた。

史朗は迷いながら「相続の整理とかあるんで……また近いうちに来ます」と答えた。

「そう。待ってるね」

史朗はなんとか笑顔を繕い、スーツケースを持って店の外へ出た。夕方になるとやはり冷える。故郷であるはずのこの街に、居場所は残されていない気がした。東京にももう自分が座るべき席は残されていない。俺はもしかして今、孤独なんじゃないか？　そんな考えに飲み込まれそうになるが、深呼吸をして自分を落ち着かせた。ひとまず今日は、どこかホテルにでも泊まろう。史朗は駅を目指して歩き出した。

番台の仕事

その日、いつものようにのれんを出そうとしたいづみは、そこに小さな穴が空いていることに気がついた。「まるきん温泉」の「き」の部分がほつれている。住み込みを始めてすぐの頃、いつから使っているのか聞いたことがある。「親父が継いだ頃からじゃないかな」と悟朗さんは言っていた。

「開けました！」と、いづみはボイラー室へ向かって叫んだ。奥の方からぬっと風呂仙人が現れた。

いづみが「どうぞ！」と入り口を指差すと、風呂仙人は無言で中へ入っていった。風呂仙人、というのは、いづみが勝手につけた名前だった。思慮深く、達観した雰囲気や言葉遣い、白髪や痩せた体つきなどの見た目から、自然と〝仙人〟の言葉が浮かんだのだった。これは悟朗との間でだけ使っていたあだ名だったが、うっかり本人の前で「仙人」と呼びかけてしまった時も、まったく気にしていない様子だった。その佇（たたず）まいもまた、ますます仙人っぽい、といづみは思った。

生地のほつれや破れがどうしても気になったいづみは、悟朗さんにはきっと事後報告で大丈夫だろうから、さっさと直してしまおう、と決め、のれんを抱えて中に入った。番台にのれんを置くと、2階の自分の部屋に行き、押し入れから端切れが詰まった箱と、簡易的な裁縫セットを取り出して、また1階に降りる。

いづみは早速、番台でのれんの修復を始めることにした。のれんの色合いと比べながら、手持ちからどの布を使うかを決めて縫い始める。どうせだから、ちょっとかわいい感じにしよう。

午後3時、開店時間は過ぎているが、一番客はまだ来ない。風呂仙人が男湯にいるが、あれは悟朗いわく〝お礼〟らしいので、客ではない。扇風機が低く唸る空間で縫い物をしているうちに、いづみは昨日のことを思い出していた。のれんが破れたのも、昨日、あの史朗という人が来たせいではないか。そんな考えが浮かんだが、それはさすがにめちゃくちゃだなとすぐに思い直した。

悟朗は兄が家を出ていったあと、何も起きなかったように振る舞っていたので、いづみもそれに合わせた。でも、いったい何のためにあの史朗は実家に帰って来たのか。単なる里帰りではなさそうだ。悟朗が言っていたように、仕事で何かあったのかもしれない。……それで故郷の銭湯に癒しを求めてきたとか？　でもなんかそういうタイプでもなさそうだし……。

裁縫を始めて15分ほどが経つ頃、下駄箱の方から物音がしていづみは顔を上げた。男湯の戸から、男性が入ってきた。

「いらっしゃいませ！」

年の頃は60歳といったところだろうか。初めて見る人だ。見るからに上等なグレンチェック地のスーツを着込んでいる。まるきんの客は、みんなスウェットやTシャツ、ジーンズなど気楽な服装でやってくる。たまにスーツ姿のサラリーマンが、仕事帰りの疲れた様子でのれんをくぐるくらいだ。木肌が経年変化で黒ずんでいる下駄箱や、「手ぶらセットあります」など、手書きの紙がベタベタ貼られている銭湯に、男の服装や佇まいはおそろしく馴染んでいなかった。手には高級そうなトランクまで携えている。

「まるきん……温泉……？」

「ええ。入りますか？」

男がクンクンと鼻をひくつかせたので、いづみはぎょっとする。

「素人は騙せても、この太田(おおた)は騙せんぞ」

「は？」

「ここは温泉じゃないな？」

「ええ、うちは井戸水ですけど」

「よくもまぁ、ぬけぬけと！」

男はよく通る声で叫ぶように言った。一人だけ舞台に立っているような大げさな動作と言い方に、いづみは思わず笑ってしまいそうになるが、どうにかこらえた。

「ただの銭湯のくせに温泉を名乗るとは、詐欺じゃないか」

「昔からこの辺りでは、銭湯も温泉と呼んでいたらしいですよ」

と、いづみはいつか聞いた話を思い出しながら言う。

「昔のことはどうでもいい！　とにかく温泉でもないのに温泉と呼ぶな！　すぐに看板を書き換えなさい！」

「はあ？」

「大体、家庭の風呂の普及率が95%を超えるこの国に、銭湯というものがまだ存在していること自体、ミステリーだ」

ミステリー？　いづみからすれば、急に店に入ってきてベラベラとまくしたてる、おじさんの存在の方がよほどミステリーだった。男性はもう一度銭湯の中を見回すと、トランクを持って何も言わずにさっさと出て行ってしまった。

「ヘンなおじさん……」

ふと視線を感じると、風呂仙人が番台の横に立っていた。今のおじさんとの会話も聞いていたかもしれない。いづみが肩をすくめると風呂仙人は無言でうなずき、また浴場の方へ戻っていった。風呂仙人は必要最低限、それもボイラー焚きのことについてしか、ほとんど口をきかないと悟朗も言っていた。

よくわからないことをいつまでも考えていても仕方がない。目の前にあることを頑張ろう。いづみは「よし！」と気合を入れ直し、再び右手に針を持った。

いづみは数ヶ月前まで、ファッション関係の仕事をしていた。デザインが主な仕事だったが、服のサンプルを作るため、裁縫もした。昔から糸と針で何かを作ることが好きだった。いろいろなことがあってその会社を辞め、祖母の家でしばらく休養したのち、今はこの銭湯で働いている。

いづみは座ったまま身を少し乗り出して、頭上にかかっている柱時計を確かめる。4時12分。番台に座っていると、時折止まっているような気もして、つい時計の針を確かめてしまう。退屈、とは少し違っていて、時間がゆっくりと流れる魔法がかけられている。そんな気持ちになる。会社で働いていた時と今のこの空間でも、時間が平等に流れていることが信じられない。

会社を辞めたばかりの頃は、裁縫をするのも辛い時期があったが、またこうして楽しみながら針と糸を使えるようになって嬉しかった。

いづみは縫い合わせた布に、まるきんの「き」の文字を刺繍しようと、針を持ち替えた。

その時、男湯の戸が開く音がした。

「いらっしゃいませ！」

顔を上げると、そこにいたのは史朗だった。

「何の用ですか？」

番台で顔をあわせてすぐ、いづみから向けられた言葉がそれだった。手元には青い布がある。表にのれんがかかっていなかったから、きっとそののれんだろう。史朗は何にも言わず、千円札を番台に置いた。

「それと、タオル１枚」

「入るんですか？」

「ダメですか？」

「刺青は？」

「ありません」

史朗はわざわざ腕まくりをしていづみに見せた。いづみはそんな様子をフンと鼻で笑いながら、

「うちはあっても入れます」

「じゃあ、聞かないでよ」

「親不孝は？」

「してません」

「証拠は？」

「証拠？……こうして帰って来たことが証拠」

いづみは疑わしそうな目で史朗を見ていたが、それでもお釣りとタオルを1枚、史朗に渡した。ぞんざいな扱いをされているものの、喋れば喋るほど根が悪い子ではないのがわかる。愛想も人付き合いもいい方ではない悟朗が、彼女を雇い、気を許しているわけが、なんとなくわかる気がした。史朗はスーツケースを番台の横に置いて、脱衣所へ進んだ。

家の風呂に金を払って入るのは妙な感じだった。そもそも、銭湯に来ること自体がかなり久しぶりだ。建築事務所にいた頃、同僚に誘われて仕事終わりや出張の合間にサウナに行くことが時々あったが、史朗は蒸し暑いのが苦手だった。とりあえず清潔な状態を維持するためにシャワーさえ浴びられればいい。

昨日、カゴを拭いたり並べ直したりしていた悟朗の後ろ姿を思い出す。かつての父や母の姿も浮かんでくるが、史朗はその記憶を奥の方へ押しやった。

磨りガラスの引き戸を開けて浴場に入ると、記憶のままの景色が広がっていた。

真ん中には浴槽がドンと置かれ、その左右と奥の三方を囲むように洗い場が並んでいる。

優雅な模様が描かれている床のタイルが、レトロといえばレトロだ。曇りガラスがはめられた大きな窓があり、ぼんやりとした明るさが浴場の一部を照らしていた。青いタイル張りの浴槽はかなり年季が入っている。ところどころ表面がハゲたり、一部が欠けたりもしていたが、掃除が行き届いているためか、不潔、陰鬱（いんうつ）という印象にはならず、全体が「味がある」の域に踏みとどまっている。そして奥の壁には富士山。確か女湯は赤富士だったはずだ。よく父と悟朗の三人で湯船に浸かり、「いーち、にー、さーん」と、10秒数えてから同時に上がる遊びもやっていた。浴場に足を踏み入れたほんの数秒で、史朗の記憶の蓋が開き、思い出たちが自然と頭の中によみがえってきた。小さくため息をついた。弟から向けられた昨日の冷たい目線がよみがえる。こんな昔の思い出、別にもう必要ないのに。

男湯には先客がいた。「寿々屋」主人の大作、そして、家の前で会ったリヤカーの老人が浴槽に浸っていた。

老人は湯を隅々まで味わうように目をつぶって浸かっているので、史朗に気づいていないようだ。目が合った大作に愛想笑いをしてみるが、見事に無視された。ここまではっきりと無視をされるとかえって清々しい。史朗は大作の視界に入らないように一番奥、老人の背後の壁の洗い場まで行き、カランの前に座った。さっさと湯に浸かって、出るとしよう。手早く掛け湯をして、立ち上がった。

「あまい！」

老人の大声が浴場に響いた。その迫力に史朗が固まっていると、老人はもう一度、「洗い方が、あまい！」と、勢いよく怒鳴った。背を向けている老人に、こちらの様子は一切見えていないはずだが……気配だけで洗い方を察知したのか？　老人の向こうで、大作が鼻で笑っている。史朗は子どものように注意された恥ずかしさといらだちから、無言でもう一度洗い場に座った。ここに帰ってきてから呪いのように、細かいことまでうまくいかなかった。

これでもう文句は言わせない、とばかりに隅々まで体を洗った。史朗は洗い場から立ち上がり、いよいよ浴槽に足を入れた。懐かしい肌触りの湯に包まれる……そう感じたのは一瞬だった。

「えっ！」

史朗はすぐに足を引っ込めた。湯はひどい熱さだった。

史朗は、水を足そうと浴槽の蛇口をひねる。が、すぐに老人が、今度は「寒い！」と低く唸るように、しかし大声で言い放った。

「え？」

「これ以上ぬるくしたら、風邪を引くだろう」

老人は史朗をあの鋭い目つきで睨んだ。史朗はあわてて水を止めた。その姿を見てまた大作が鼻で笑う。なぜ、この2人は平気でこの熱湯に浸かっていられるんだ？　自分が、熱さに対して軟弱になっているのだろうか？

ここで退散したら、さすがに男がすたる。史朗はもう一度心と体に気合を入れて、湯に挑んだ。半ば飛び込むような気持ちで、ふくらはぎの半分ほどまで足を入れたら、熱いと感じる前に、一気に上半身まで湯に入れた。

「うっ」

熱いというよりも、痛い。体と頭の芯が、じわじわしびれていく。大作が横目でこちらを見ているのがわかったので、史朗はなんとか平気そうにしていたが、体は正直で肌がどんどん赤くなっていった。早く上がりたい——。

史朗が必死で熱さに耐えていると、大作がやっと勢いよく湯船から立ち上がった。そして、洗い場に置かれている桶の一つを手に取り、カンカン、と2回、壁に打ち付けた。

すると女湯の方から、カン、カン、カンと、3度打ち鳴らす音が返ってきた。大作はニヤッと笑った。「よっしゃ！」と嬉しそうに脱衣所へ向かった。

やがて老人も無言で立ち上がり、さっさと脱衣所の方へ消えてしまった。老人が戸を閉めてすぐ、史朗は熱湯から立ち上がった。

「あっつい！」

数分後、顔も体も真っ赤にした史朗は、番台脇に並んだ椅子の一つで、ぐったりしていた。脱衣所では大作がなぜかコソコソと、缶ビールをおいしそうに飲んでいた。

これって、親父の呪いだったりするんだろうか――。よく回らない重い頭で、そんなことを考えた。湯をあまりに熱く感じるのは、葬式にも出なかった息子に対する、亡き父からのメッセージなのではないだろうか？　普段は現実的な考えしかしない自分が、こんな馬鹿なことを考えるとは。

史朗は番台に座るいづみに話しかけた。

「ねぇ、あの白髭のじいさん、何者？」

「顧客情報は、部外者には公開できません」

いづみは史朗の顔を見もせずに、釣り銭用の箱の中身をいじりながら、そう返してきた。

「銭湯のオーナーとして、色んなことが知りたいんだ。悟朗を助けるためにも」

もちろん嘘だった。ただ、まるきん温泉のメリットやデメリット、どんな客がいるのかを把握しておきたかった。いづみは驚いたようにやっと史朗の顔を見た。

「つまり、それは私たちと一緒に働くってことですか？」

「いや、そんなわけじゃ……」

「風呂仙人です」

「風呂仙人？」

いづみはそれまでのそっけなさが嘘のように、勢いよく史朗に説明をする。

「廃材を持ってきてくれるけど、お金は取らない。その代わりに、お風呂に入れてあげればそれでOK！　お風呂以外に欲の無い、仙人みたいな人」

「つまり、変人だ。君みたいな」

「私のどこが？」

「何が楽しくてここで働いてるの？」

「銭湯が好きだからですよ」

いづみは、それ以外に何があるの？　と言いたげな顔をした。

「銭湯のどこがいいの？」

「銭湯の息子なのに、そんなこともわからないんですか？」

「銭湯の息子だから、わからないんだよ」

それはなんの偽りもない、史朗の本音だった。

リヤカーを引く老人の姿は、史朗に父親を思い出させた。物心ついた頃から、そしてこの街を出る高校生の頃まで、毎日同じことを繰り返し、銭湯にすべてを捧げていた父親。

史朗はいづみのことも、廃材を集める老人のこともよくわからなかった。父も母も、朝から晩まで働いていた。それでも、儲けなんてほんの少しだ。両親が贅沢をする姿を見たことがないし、家族で旅行に行ったこともない。町の人たちは、銭湯があるのは当たり前だと思っている。人に尽くすだけで、何も返ってこない。史朗にとって銭湯は、子ども時代のつらかった思い出や、貧しさを象徴する場所だった。そんな銭湯を堂々と好きだと言い切るいづみのことが不思議であり、理解ができなかった。

「汚い格好でリヤカー押して廃材集めて……風呂屋の息子ってバカにされて。こんな割に合わない商売、すぐにやめれば良かったのに。親父はここを守ったんじゃない。やめる勇気がなかっただけだ」

いづみはなにも言わずに、言葉を吐き出す史朗を、ただじっと見つめていた。

「何か用？」

そこに悟朗が姿を見せた。父親がそうだったように、営業中はボイラー室にこもりっきりなのだろう。青い羽織からは、父親と同じような匂いがした。燻されたような、どこか懐かしくもある火の匂い。その匂いをかぐと父親がもう一度自分の前に現れたようで、史朗はついいらつきを隠せない声を出してしまう。

「そう喧嘩腰になるなよ」

「別に、いつもこんな感じだから」

「……しばらく、空いてる部屋使うから」

「え？」

不意をつかれたのか、悟朗が驚いた声を出した。今日はこれを告げるために自分はわざわざ風呂に入って、ここへ戻ってきたのだ。

「自分の部屋は他人に占拠(せんきょ)されてるし」

史朗の嫌味に気づかないのか、いづみが大きな声で「一緒に働きたいんですって！」と悟朗に言う。悟朗は信じられない、という表情をした。史朗が訂正する暇もなくいづみは浴場を指差した。

「まずは掃除からお願いします！　タイル磨きの後、脱衣所で！」

「いやいやいや……」

まさか老人の正体を知りたいがための、適当なでまかせだったとは言えない。

悟朗は腕を組んで考えているようだった。そして少し間をおいて、ぶっきらぼうに「廃材降ろしも」と、史朗の方は見ずにぼそりと言った。いづみが大きな目を細めて、にんまりとした。

「おいおい、待てよ」

史朗の反応に構わず、もうこれで決まり！　というように、いづみがパンと手を打った。

「はい、じゃあ史朗さん、よろしくお願いしまーす！」

それが史朗に向けられた、はじめてのいづみの笑顔だった。


銭湯を手伝うという条件で、やっと手に入れた居場所はかつて父が使っていた部屋だった。部屋は悟朗が片付けたのか、机と椅子、簞笥があるだけできれいに整えられていた。そっけないといってもいいくらい、人の痕跡を感じさせない部屋。父の面影があるものをあまり目に入れたくなかった史朗は、心の片隅で弟の几帳面さをありがたく思った。

納戸から運んだ布団に寝転んで、史朗は昨日、実家へ行く前に訪ねた駅前の不動産屋でのやり取りを思い返していた。

まるきん温泉を取り壊し、跡地にマンションを建てる。史朗が持ち込んだプランに、地元ではそれなりに名を馳せている「財前不動産」の社長の荒井と、専務の鎌田はあっさりと食いついてきた。史朗が所属していた有名建築事務所の名前と、大きな企業を相手にする時と同じレベルで作成したプレゼンシートも、2人が興味を示した理由の一つだっただろう。

今の時代、風呂なんてほとんどの家にある。なくして、需要がある場所に生まれ変わる方が幸せに違いないのだ。

父親と同じ仕事に時間を費やす悟朗の姿は、過去にしがみついているようにしか見えなかった。銭湯経営をやめるのは、長い目で見ればきっと悟朗のためにもなるはずだった。

そして何より自分のためになる。

まるきん温泉を壊したあとに建てるマンションを、自分が設計をする。それが史朗の計画だった。土地を売却した分と設計料を合わせれば、まとまった金になるだろう。マンションが完成するまでの間は、これまで手がけていたような仕事から、集合住宅や個人住宅の設計の仕事へシフトチェンジする糸口を探ってみてもいい。それも厳しかったらマンションの管理人になる手もあるかもしれない。悟朗には完成したマンションの一室をあてがえばいい。それから気持ちを切り替えて、新しい仕事と生き方を探す。いづみという新しいアルバイトの存在は計算外だったが、彼女は自分たち兄弟よりもずっと若い。仕事だって選びさえしなければすぐに見つかるだろう。

今は計画のための準備期間だ。完遂するためには、一通りどんなことでもやってみよう。それが嫌い続けた銭湯の手伝いであっても。

久しぶりに目標が生まれた史朗は、布団から起き上がり、机に向かった。財前不動産に見せたプランをもう一度見直して、練り上げて、一刻も早く設計図に取り掛かるのだ。

夜中、作業を進めた史朗が布団に入ったのはほとんど明け方だった。しかし、ほんの数時間眠っただけで、悟朗が布団越しに体を揺すり起こしてきた。

「手伝うんじゃなかったの」

そうだった……昼過ぎまで眠りたかったが、史朗は起き上がった。今はいわば居候の身だ。マンションの計画を打ち明けるまで、悟朗の機嫌を少しでも良くしておくのが得策だと史朗は考えた。

顔を洗い着替えてからボイラー室へ行くと、悟朗はもう仕事を始めていた。ボイラーの扉を開け、煤を掻き出し、掃除をしている。

「何をすればいい？」

悟朗は手を止め、黙って史朗の後ろ側を指差した。振り向くと、木材や薪が積み重なっているスペースがある。

「それで」

今度は斧をあごで指す。

「薪割りをして」

兄貴をあごで使うなよ。ムッとするが黙って斧を手に取った。子どもの頃は危ないから、と手伝わせてもらえず、力がついてきた頃にはもう銭湯の仕事には全く興味を失っていたため、薪割りをするのは初めてだった。

しかし数分後、史朗は自分の体力のなさを思い知る。薪割りが全くできず、妙な腰の角度と腕の振り方で、体の関節がやられてしまった。この何ヶ月か、コンペやら何やらで事務所にいる時は座りっぱなしで図面と向き合い、家ではほとんど眠るだけだった。体がすっかり鈍っている。自分の記憶以上に、体に積んでいるはずの燃料のようなものが、ずっと少なくなっているような気がする。日頃はさほど意識しないが、これが加齢なのかと、史朗は気落ちした。

もう一度だけ、と再び斧を持ち、薪に挑んだものの、割り損ねた木片が勢いよく飛び、それが足に刺さってしまった。

「痛っ！」

しゃがみ込んで足をさする史朗を、悟朗がまた冷たい目で見ていた。

「……なんだよ」

「別に」

「毎日、こんなんじゃ、体が持たないな」

「何が言いたいの？」

「こんな商売、いつまで続ける気だよ」

「………」

「いいアイデアがあるんだ」

悟朗は何も言わず、史朗が投げ捨てた斧を拾い、適当な薪を台の上に置いた。整った体勢で斧を構え、すっと振り下ろす。史朗は思わず「おお」と声が漏れそうになる。悟朗は淡々とまた次の薪を手にする。その一連の動きは、すっかり体に馴染んでいるようだった。体が弱く、運動神経もよくない。それが史朗にとっての悟朗の印象だった。一緒に暮らしていた頃より、体はずっとたくましくなっているようだった。弟が自分を上回る。そんな経験がはじめてだった史朗は、小さく動揺していた。

「あのさ、薪割りがダメなら、そっちの廃材、運んでくれる？」

悟朗が斧で、奥の廃材を示す。史朗は仕方なく自分よりも背が高い廃材を抱えようと持ち上げたが、それは想像以上に重かった。

「痛っ！」

体の重心が揺らぎ、バランスを失うと、廃材の重みが一気に腰にかかった。史朗は廃材を抱きかかえたまま、ずるずると地面にしゃがみ込んだ。自分に肉体労働は向いていないのだ。自分がいるべき場所はやはりここじゃない、こんな仕事じゃない……。

「なに、腰にきたの？」

「…………」

痛みで口を開く気になれなかった。

「風呂にでも入って温めてくれれば？」と、悟朗が言った。

梶斎秋の懸念

家を出るのはいつも夜明け前だ。足音を立てないように廊下を歩き、玄関から外に出る。早朝は、その季節の色や気配が日中よりもずっと濃く感じられる。春がすぐそこまで来ている今の季節、日中はそこそこ暖かい日も多くなってきたが、朝はやはりまだ冷える。こちらを突き刺してくるようなまっすぐな寒さが梶は嫌いではなかった。

湯道会館から歩いて10分ほど、山の入り口に立つと、持参した草履に履き替え、代々の業躰から受け継がれてきたという襷を肩からかけ、一礼をして山に入る。

草履で山道を登るのは難しいことではない。慣れればまるで分厚い足の裏の皮膚のように、自分の体の一部として動かすことができた。「消えずの火」が祀られているお堂までは急な斜面も多いため、体力に自信のある梶でもいつも少しだけ息が上がる。しかしどの季節でも、汗はほとんどかかないのが不思議だった。

20分ほど歩くと、こぢんまりとした寺が現れる。登山客もやって来る、それなりに有名な寺だ。だが、梶の目的はそこではない。寺を素通りし、さらに奥に進むと小さなお堂が、木々の中に隠れるように建っている。観光客なら物置小屋としか思わないようなお堂だった。

お堂の扉に手をかける瞬間はいつも、もしも火が消えていたら、という想像が頭をよぎった。恐る恐る扉を開けると、中央にぽつんと置かれた台の上で、オレンジ色の炎が細く小さく燃えているのが目に入る。梶は無意識のうちに止めていた息をそっと吐き出してから中に入った。風呂敷に包んで運んできた、庭で採取した木の枝や木の葉などを火の周りに焚べる。

「あまり燃やし過ぎないように」というのが、先代の業躲から言われた言葉だった。それに梶は違和感を抱いて、「もっと勢いがある火ではだめなんですか？　二之湯家の繁栄を祈る意味を込めて、大きく燃やしてもいいのではないですか？」と、聞いたことがあった。

「一気にわっと燃え上がらせると、どうしても勢いが落ちる時が来てしまうだろう」と、先代の業躲は、微笑みながら答えた。「消えそうな細々した火、一見すると消えそうだけど、消えない。人生と同じで、そのくらいの加減がちょうどいいんだそうだよ」

理解できるような、できないような説明だったが、梶はひとまずその説明を受け入れた。今では理解できる気もするが、もっと燃やせば、湯道ももっと栄えるのではないか、という想いが消えないわけでもない。

薄暗いお堂の中で、集中して火に木々を焚べていると、まるでお堂が生き物で火はその心臓のようだった。その命を絶やさないために世話をしているような気持ちになることがあった。業躲が担う仕事の筆頭に来るのが、この「火の番」だった。

はじまりは数百年前、さる仏僧が修行前に入浴をするための湯を、当時の家元が焚く機会があった。その湯の素晴らしさに仏僧は感動し、以来、二之湯家に湯作りを頼むようになった。その縁で、仏僧が修行の際に焚いた火を分け与えられ、その火種は代々の業躰が守り、燃やし続け今に至るのだという。

わずかに勢いを増した火をしばらく見つめる。火に向かって合掌と一礼をすると、梶はお堂を出た。

梶が二之湯家に入門してから、20年近くが経つ。家元にもっとも近い内弟子であり、補佐役である「業躰」の座に就いたのは5年前のことだ。当時は30代に入ったばかり、歴代の業躰の中でもかなり若かったため一番驚いたのは梶本人だった。先輩らを差し置いての抜擢だったため、ひいきではないか、という声がないわけでもなかった。梶は何も言わなかった。家元がひいきをするような人ではないということは客観的に見ても明らかであったし、選ばれた自分自身の力を信用して、磨いていくしかないとわかっていたからだった。それまでと変わらず淡々と振る舞い続けるうちに、批判をする人ややっかむ人も感情のやり場を失ったのか、徐々に何も言わなくなった。

業躰の仕事は「火の番」の他にも、その燃料を作るための柴刈りや薪割り、井戸の管理

（湯道会館では井戸水を沸かして湯を作る）、日本庭園の手入れ、庭の片隅にある小さな畑での栽培、などが主だった。最も大切なのは、自分の身体と感覚を使って四季と触れ合い、その感覚を湯づくりや点前に反映させることだ、と梶は解釈している。

日常の細々した用事や家元から託されたことをこなすうちに、日中はあっという間に時間が過ぎる。毎日ではないが、平日は夕方6時から、土曜日は午前中と午後に、初級の門下生への稽古が入る。本来、梶が門下生へ指導することは稀だった。上級者や、師範を目指す門下生たちへの稽古が中心だったが、しかし、ここ1、2年は家元の体調が思わしくなく、代わりを担う機会が増えていた。家元が担当するのは上級者ではなく主に青の手ぬぐい、つまり初級の門下生たちへの稽古だった。湯道に触れたての門下生たちが一番、湯に対しての余分な知識や慣れもないため、教えていて気持ちがいい、何より自分も初心に帰れるということで、家元は初級者への稽古を楽しんでやっていた。もちろん、中級者や上級者、師範クラスへの稽古も時折つけている。

梶は家元がなぜ、初級者の稽古を好むのか不思議に思っていたが、代わりを務めていくうちにわかってきた。年齢も目的もばらばらな人たちが、湯のために時間を割き、集い、熱心に話に耳をすませる様子は、確かに胸を打たれるものがあり、自分はその人たちを導く立場にあるのだと気持ちが引き締まった。

「もし、そこにいがみ合う2人がいるとしましょう。その隔たりを埋めるものは何か……」

その日、稽古用の広間には10人の門下生たちが集まっていた。皆、一言も聞き漏らすまいと梶をじっと見つめている。

「それこそが……湯です。湯の力です。心地よい湯に浸かった時のあの幸福感。目の前にあるいさかいや悩みなど、どうでもよくなる。それを家元は、こんな書で表現しました」

梶は自分の右側にある床へ目をやる。門下生たちの目線もまた、そこへ一斉に移動する。床には、「以湯為和」の掛け軸。これが今日の稽古のテーマだった。

「湯を以て、和と為す……いゆ、せいわ。実はこのお軸、1983年のある湯席で使われました。ご存知の方、いらっしゃいますか？」

数人の弟子が顔を見合わせる中、末席で控えめに手が上がった。横山という中年の男性だ。入門してまだ間もない。

「横山さん」

「日の出山荘のロンヤス会談で……」

自信なげな小さな声で、横山は答えた。

「ご名答！」と梶は言った。緊張していた場が、柔らかく緩む。見事に答えた横山の姿を確かめようと、チラチラと後ろを振り向く門下生もいた。

「日本の総理大臣がアメリカの大統領を奥多摩の山荘に招いて会談したことは有名ですが、実はあの日、家元の点てた湯に2人が浸かったことは報道されていません」

梶は大きく引き伸ばした写真を弟子たちに見せた。並んだ2つの樽風呂に、2人の男が浸かっている。そして、その傍らにかけられているのが、まさに「以湯為和」の掛け軸だった。何人かが大きく息を呑んだ。梶は驚きの波が落ち着くのを待ってから再び口を開いた。

「総理の故郷・群馬の檜を使った2つの樽風呂……その隙間は、1・0923㎝。東京とワシントンDCの距離10923㎞を極限まで縮めたい、との想いが込められています」

門下生たちの中でも特に、先ほど手を挙げた横山が真剣な眼差しをこちらに向けているのがわかる。若干、瞳が潤んでいるように見えた。「以湯為和」は、家元がこれまで点てた湯にまつわるエピソードの中でも、特に人気が高く、感動的な話なので無理もない。

「その粋な設え(しつら)と湯の心地よさに大統領は感激し、2人の絆は深まりました。つまり湯道が、日米関係の礎を築いたのです」

そう言い終わるやいなや、拍手が沸き起こった。梶はゆっくりとお辞儀した。

稽古後は、門下生たちが全員広間を出るまで見送る。この時間に、質問に来る弟子も時折いるのだが、一番積極的なのは、稽古でも挙手をした横山だった。茶道や華道、香道と並ぶ日本文化である湯道だが、それらに比べると「入浴」は日常生活において、あまりに当たり前に定着しているため、文化として捉え、わざわざ道を極めようという人が時代を経るごとに減っている。後継者が育たず、門下生も集まらず、廃業状態に陥ってしまう流派も、増えつつあると聞く。そんな状況下で、横山のような熱心な門下生の存在はめずらしかった。どんな話も熱心に聞き、「湯道教室」のＤＶＤを取り寄せ、家の風呂でもよく稽古をしているようだった。

その日は誰も質問に来なかったため、梶も広間を後にした。廊下へ出ると、稽古部屋が並ぶ一画を抜けて、湯道会館の一番奥、家元の部屋に向かう。

襖の前で正座をして、梶は声をかけた。

「梶です。よろしいでしょうか」

「うむ」

家元は布団の中で体を起こし、本を読んでいた。顔色は相変わらずよくなかった。

「本日の稽古が終わったので、そのご報告に」

「ああ、ご苦労様」

家元は普段通りの柔らかい声で言った。

第十六代家元である二之湯薫明は凛としていながらも軽やかな、どこか水のような捉えどころがない人だった。物腰が柔らかく、初級の門下生とも隔たりなく交流をもとうとした。そのために、「威厳がない」と陰で言う人もいたが、わざとそう振る舞っているのだろうと梶は考えている。それに悪い噂を口にする人も、いざ家元の入浴点前を目にすれば何も言えなくなった。湯を目の前にすると、家元の表情は人が変わったように鋭くなった。湯さばきや道具を扱う所作の鮮やかさ、美しさは、誰も敵わなかった。

だからこそ、今の初級の門下生たちにせめて一度は家元の点前を見て、目に焼き付けて欲しかった。

「今日のお加減は」

「………」

家元は何も答えなかった。

家元が、重い病を患っているということだけは分かっていたが、具体的にどんな病気なのかどのくらいの病状なのか、弟子たちは教えられていなかった。もしかすると最後まで、誰にも教えないつもりかもしれなかった。弟子の中には、家元に、入院するか治療を受けるよう、何度も頼む人たちがいた。

しかし家元は一切耳を貸さずにいた。梶はもちろん、家元には一日でも長生きしてほしい気持ちがある一方で、家元がこのまま湯道会館で過ごすと決めたのなら、それを尊重すべきだという気持ちの方が強かった。家元は飄々（ひょうひょう）としているが、一度こうと決めれば、決してそれを変えない頑なさがある。自分たちが何かを言っても無駄だ。あきらめたわけではなく、ただ、そういうものだろう、と梶は受け入れた。

そして、家元が快適に過ごせるようにそれまでの習慣や生活のリズムを少しずつ変えた。家元も何も言わずに梶の対応に身を任せていた。家元が自分をそばに置いている理由は、こういうところにあるのかもしれない、と思った。

「では、何かありましたら呼んでください」

梶は家元の枕元に置いてある、鈴に目をやりながら言った。そしてまた一礼をして、襖を開けて部屋を後にする。

梶の密かな懸念は、湯道は今後、どうなるのかということだった。自分がこの道に進んだことへの後悔はないが、これから先、どうやってこの文化をまた次の世代へ繋いでいけばいいのか。家元が生きている間に、その答えや信念を捉えることができるかどうか自信がなかった。門下生への指導を担う一方で、自分が湯というものにどのくらい向き合えているのか、点前をただの〝作業〟のようにこなしてしまう時もあり、これは極めるとは真逆のことのような気がしていた。

湯道って、一体何なんだろう。時々、そんな自分への問いかけが頭をふっとよぎった。毎日のように沸かす湯でも同じ湯がないのと同じように、梶の中で「湯道とは何か」の答えも、日々変わり、定まっていなかった。業躰なのに、こんなに曖昧でいいのか、と自分で不安に思うこともある。

そういえば、家元にもきちんと聞いてみたことがない。二之湯家に生まれ、幼い頃から湯の道、それも将来が約束されたエリートコースを歩んできた家元だ。辞めたいとか、つらいと思ったことも、今の姿からは想像できないが、きっとあったのだろう。

そんなことを考えながら、梶にしてはめずらしく、ぼんやりと廊下を進んでいった。

横山正の銭湯通い

土曜日、昼間の稽古を終えた横山は、湯道会館から自転車で「まるきん温泉」に向かった。横山が子どもの頃からあった銭湯だ。家の風呂がいよいよ改修工事に入り、妻や娘たちは「どうせならサウナがあるところに行きたい」と、3人で女性向けのスパのようなところにわざわざ通うそうだ。風呂に入る時はじっくり、作法のおさらいをしたかったため、ひとりで行動ができるのは横山にとっては好都合だった。

銭湯の前に自転車を停めていると、ピンク色のパーカーを着た女性が、ちょうど「ゆ」と真ん中に大きく書かれた青いのれんを出していた。上の娘と同じくらいの年頃だ。黒い髪を頭の高い位置で一つ結びにしている。

「もう入れますか？」

横山がそう尋ねると、女性は笑顔で「どうぞ！」と言いながら右手の戸を指した。こちらが男湯、左手が女湯という造りらしい。横山は礼をいい、のれんをくぐった。

何となく「5」のついた靴箱を選んで脱いだスニーカーを入れる。木の札を抜いて鍵をかける、最近はなかなか見かけないタイプの靴箱だ。

「男湯」ののれんをくぐると、まさに〝昔ながらの銭湯〟という表現がぴったりな光景が広がっていた。色あせた木の棚の中に並ぶ脱衣カゴや、横山が子どもの頃から見覚えがあるような体重計やマッサージチェア。小さな冷蔵庫には、牛乳瓶が並んでいるようだった。そして、正面の磨りガラスの戸の向こうには、大きな浴場。全体的に古めかしいが、不思議と清涼感のある雰囲気だった。横山は小さく深呼吸をした。新鮮な水が沸いた時特有の、どこか甘い匂いがする気がした。湯道会館の稽古場での、格式ある檜の香りもいいが、これはこれで自分に合っている気がして、とても落ち着く。

番台に座る先ほどの女性に料金を払い、脱衣所へ向かうと、横山は鞄からまだ新しい手ぬぐいを出した。二之湯家の家紋が青色で縁取られている手ぬぐい。これは入門時に渡される、初級を意味する色の手ぬぐいだ。級が上がるごとに、黒、赤と色が変わる。赤の手ぬぐいがもらえると、自己流に研鑽（けんさん）を積むという理由で、もう湯道会館には足を運ばなくなる人もいれば、師範を目指して、ますます熱心に稽古に励む人もいる。横山の目的は、後者だった。定年後は師範になるか、それか上級者になって、地方の温泉や銭湯の湯守になりたい、というのが夢だった。いわゆる秘湯と呼ばれる温泉の湯は、湯道で修業した熟練者が管理していることが多かった。家族がいるためそれは難しいかもしれないが、何にせよ、湯道にはこれからも関わっていたい。そのためには、まずは次のステップである黒の手ぬぐいを自分のものにすること。毎日の入浴を稽古と捉え、精進するのが最大の近道であり、最良の道だ。

浴場には客が1人しかいなかった。横山はその男性に軽く頭を下げて、2つ隣に腰を下ろした。まずはかけ湯の復習だ。

横山は稽古を思い出しながら作法を実践しようとしたが、どうも目の端に映る先客の青年が気になった。二之湯家流とはやり方が違うが、とても美しい所作だ。右手の桶をゆっくりと動かし、お湯を少しずつ左の肩へ流している。湯は青年の肩から腰へと滑り落ち、細い筋となって床のタイルに落ちた。横山は思わず、青年の顔をのぞきこんだ。この前見たばかりの、梶の点前にも負けず劣らずの美しい湯の筋だと思った。青年は自分自身と闘っているような、何かに耐えているような、厳しい顔つきをしている。感心した横山はつい、青年に声をかけた。

「……見事なお点前ですね」

「え？」

青年は驚いたように、顔を横山へ向けた。

「点前？」

「結構な方とお見受けしました」

「はあ」

「まさに、ひとりの慎みですね。いつもどちらで?」

「どちら?」

青年は変わらず不思議そうな顔をしている。

「……ああ、ここ、僕の実家なんです」

「なるほど、そういうことですか!」

合点が行く。実家が銭湯とはうらやましい。夢のようではないか。

「……まあ、そういうことです」

青年は首を傾げながらそう言う。

「実は今、風呂場を改修中なので初めて伺ったんですが、来てよかった。しばらくお世話になります」

横山はそう言い、頭を下げた。青年も会釈を返してくれる。そして、慎重な手つきで桶に残っていた湯を体にかけると、これまたゆっくりとした所作で立ち上がった。「お先します」と横山に声をかけ、すり足でゆっくり、厳(おごそ)かに脱衣所へ向かった。湯船には浸からないようだ。そういう流派もあるのだろうか? 横山は少し不思議に思いながらも、青年を見送った。あれぞひとりの慎み、と言えるのかもしれない。いいものを見させてもらった。

横山は頭の中で所作を確認しながら、ゆっくりと湯船に浸かった。熱い。40度、いや、もう少し高い。体を入れてすぐ、長い時間浸かっていられるか不安になるほどの熱さを感じたが、その熱はゆっくりと体の中へ中へと入り込んでいき、あっという間に全身に馴染んでいった。じんとしびれるような熱さでありながら、包み込まれるような柔らかさもある。心地よさに、「ああ」と思わず声が漏れた。手の内に湯をため、匂いを嗅ぐ。くせのない、真っ直ぐな湯だ。薪で沸かしているのかもしれない。穏やかながら情熱をしっかりと秘めている。湯をたとえるそんな言葉が頭に浮かんだ。横山の好みの湯加減だった。そして正直なところ、近所の銭湯の湯がこれほどまでに良いとは想像していなかった。もっと早く来ればよかったと、後悔した。

改めて浴場の中を見渡す。壁に書かれた富士山の絵といい、色あせたタイル貼りの浴槽といい、自分好みの昭和の香りがたっぷりと残された空間。その空間に、ふっとなにか唐突なものが混じった心地がして、横山は女湯との境目である壁の方を見た。歌が聞こえてくる。音程が安定しているのでCDでも流れているのかと思ったが、明らかに浴場ならではのエコーがかかっていた。誰かが壁の向こうで歌っているのだ。滑らかで張りのある、とてもいい声だった。何よりも楽しそうに生き生きと歌っているのがいい。

熱い湯を両手ですくい、横山は顔を洗った。この雰囲気といい、湯といい、すっかり気に入ってしまった。自宅の浴室の改装中は、ここに毎日通おうと決めた。

作法通りに浴槽から上がり、小さく合掌をして横山は脱衣所に向かった。湯道の手ぬぐいで体を拭きながら梶の稽古を思い返していた。今日は、ロンヤス会談の湯席で使われた「以湯為和」の貴重な掛け軸を見せてもらった。湯道が日米関係の基礎を築いた、という説法。あれは素晴らしかった……。稽古中にはじめて発言できたことも、横山に自信を与えていた。

服を身につけ、荷物をまとめた横山は、番台脇に並べられた椅子の一つに、先ほどの青年が座っていることに気づいた。目をつぶり、だらりと体を思い切り弛緩させている。見るからにだらしなく、本当にあの所作をしていた青年かと違和感を覚えるが、いや、これもこの人の作法の一つかもしれない……と思い直した。声はかけないことにした。

「あの、いいお湯でした。また来させていただきます」

帰りがてら、番台の女性にそう話しかけた。入店した時にも対応してくれた若い女性だった。女性はにっこりと笑って「またお待ちしています！」と大きな声で言った。

素晴らしい銭湯との出会いに感謝しながら、横山は上機嫌で家まで自転車を走らせた。冷たい風が吹いていたが、体はあの熱い湯のおかげで芯まで温まっていたためまったく平気だった。

秋山いづみの日常

兄の史朗が現れてから、悟朗は今まで以上に仕事が丁寧になったようだ。犬猿の仲、と言ってもいい兄弟だが、子ども同士のケンカの延長のような、どこか微笑ましいところがある、と2人とは10歳近く歳が離れているにもかかわらず、いづみは思った。ひとりっ子のいづみからすると、何の気遣いもない、傷つけることを厭わずに正直な気持ちを言い合える関係はめずらしく、うらやましくさえ思えた。

いづみが番台で準備をしていると、史朗は「薪割りで腰をやられた」と、よろよろしながらやってきた。

史朗は、ボイラー室で開店前の準備を手伝っていたようだが、結局は上手くいかなかったらしい。そりゃそうでしょうね、といづみは思う。毎日同じ作業を淡々とやり、手を抜かない悟朗を、いづみは尊敬していた。地味な作業ほど続けるのが難しいのは、前の職場でもよく感じていたことだった。悟朗が先代の父親から習い、続けてきたことを、ほとんど手伝いもしたことがないであろう史朗がすぐに習得できるわけがない。

「いきなり悟朗さんみたいにはいかないと思いますよ」

弱気な史朗が面白く、いづみはからかうように言った。

「別にあいつの真似をしたいわけじゃないよ」

史朗はぶすっとした表情だったが、喋るとよほど響くのか、片手で腰を押さえた。もう片方の手で、番台の縁をつかんでいる。そしていづみの顔色をうかがうようにして、言った。

「一番風呂になるけど、もう入っていいかな？」

いつもそのくらい腰を低くして話せばいいんじゃないですか、といづみは言いたかったが、さすがにかわいそうかと思い、やめておいた。

「本当はダメだけど、しょうがないから、いいですよ」といづみは言った。

史朗が脱衣所に行くのを見届けると、いづみは外に出て、修繕を終えたのれんをかけた。少し離れたところから見て、出来を確かめる。まるきん温泉の「き」の箇所にできたほころびを、明るい色合いの端切れで縫い合わせたので、愛嬌が増した気がする。自分でもいい出来だと思った。

両手を腰に当ててのれんを眺めていると、背後から「あの、もう入れますか？」と声がした。振り返ると、中年の男性が1人、立っている。少しくたびれた上着を羽織り、顔には淡い笑みを浮かべていた。見るからに温和そうな人だった。いづみが知る限り、おそらくはじめて来るお客さんだ。

いづみはのれんにサッと腕を伸ばし、「はい、どうぞ！」と明るい声で言った。直したばかりののれんがお客さんを呼び込んでくれたような気がして、嬉しかった。いづみはそのお客さんと一緒にのれんをくぐり、中に戻った。

その日も、女湯の一番客は良子だった。

「良子さん、今日も歌い放題ですよ」

「カラオケボックスに行くより、ずっとお得ね」

料金を払いながらおどけるように良子は言った。２人で声を合わせて笑う。

「天然エコーも効いてますしね」

いづみの言葉に良子は何かを思い出したのか、どこか遠くを見るような目付きで言った。

「……昔、よく、息子とお風呂で歌ったわ」

「良子さん、息子さんがいるんですか？」

初耳だった。良子はすぐ近所のアパートに住んでいると言っていた。いつもひとりで来るので、独身と思っていた。

「そう、もうすぐ30歳。私より歌が上手いの」

「もしかして、歌手とか？」と、いづみが聞くと、良子は少し言葉に詰まった。

「……ううん、遠いところで仕事してて、もうすぐ帰って来るの」

「海外赴任だ！」

「……まあ、そんな感じ」

「すごい！　今度連れてきてください」

「……ま、そのうちね」

いつもの良子らしくない歯切れの悪い受け答えだった。いづみは少し気になったが、良子が切り替えるように「じゃあ、今日もたくさん歌わせてもらうね」と笑顔で言ったので、そのまま脱衣所へ送り出した。

それからしばらく客は来なかった。土曜日とはいえ、珍しいことでもない。働くようになってすぐの頃、手持ち無沙汰な状態が苦手だったいづみは、暇になると拭く必要のない脱衣カゴを拭いたり、冷蔵庫の中の牛乳瓶をきれいに並べ直したりしていた。そんないづみを見て、悟朗は「あまり細かく動かなくても大丈夫だから」と言ってくれた。

「お客さんがいない時は、番台で読書とか別なことをしてもいいし、ぼーっとしててもいいよ」

「でも、仕事ですし」

「それよりも、お客さんが何か喋りたそうな雰囲気だったら話し相手になってあげて」

勤務時間に働かなくてもいい、と言われたのははじめてだった。かつて働いていたアパレルの会社では、毎日忙しく働いていた。嫌な上司や同僚がいたとか、きついノルマが課せられていたわけではなかったが、能力が追いつかず、働いていくうちに苦しくなって、最後は逃げるように辞めてしまった。退職後は祖母の家でしばらく休んでいたが、次に何をすればいいのかわからずにいた。そんな時にたどり着いたのがまるきん温泉だった。

働くことに対して慎重に、そして臆病になっていたいづみに、何も詮索してこない悟朗の優しさはありがたかった。

そんな悟朗の兄である史朗は、すでに風呂から上がり、脱衣所にあるマッサージチェアの上でだらしなく伸びていた。この人、私より体力ないんじゃないか、といづみは思う。銭湯は体力勝負だ。閉店後の浴場や脱衣所の掃除も、はじめはこれからやっていけるかと不安になるほど終えたあとは疲れ果てていた。今ではなんとか慣れてきたが、史朗に果たしてその体力と気力があるんだろうか？

「ねえ、起きてます？」

史朗は体を一瞬ビクッとさせてから、大儀そうにまぶたを開け、いづみを見た。

「そこじゃなくて、こっちに座ります？」

った。

「え？」

「ボイラー室がダメなら、ここに座るしかないでしょ？」

「…………」

格好がつかないと思ったのか、史朗は黙っている。しかし、ゆっくりと椅子から立ち上がった。

さすがにここで生まれ育っているのだから、一通りのことはわかるだろう。いづみは史朗に、とりあえず番台を任せてみることにした。

「似合いそうなひざ掛け、縫ってあげましょうか？」

番台から降りながら、いづみはからかうように言った。

「いらないよ」

素っ気ない史朗に「じゃ、お願いします！」と言い、いづみはそのまま外へ出てボイラー室へ向かった。暇な時間に本当にひざ掛けでも縫ってあげようといづみは決める。のれんを直すために針を手にしたことをきっかけに、何かを作りたいという気持ちが久しぶりに湧いてきたのだ。だから史朗のためであり、半分は自分のためでもあった。

ボイラー室ではいつものように悟朗が火の番をしていた。ボイラー室は浴場のすぐ裏手にあって、扉一枚で繋がっている。火を入れると、冬でも暑かった。いづみはまだここで過ごす夏を経験していないが、どれだけの暑さになるのか、想像できない。

「悟朗さん」

後ろから呼びかける。振り向き、いづみの姿を確かめた悟朗はゆっくりと片手を上げた。

「史朗さんに番台を任せてきました」

悟朗は小さな声で「ああ」とだけ言った。

「いづみちゃん、温度計、見てもらえる？」

いづみは温度計を覗き込み、「42度です」と伝える。悟朗はうなずくと、焚き口に薪を一つ入れた。数秒、火を見つめ、少し間を置いてから小さめの薪をもう一つ入れる。パチパチと、ささやくように火が燃える音。悟朗はいつも神経を集中して火の番をしているが、同時に、火を見つめている時が一番リラックスしているようにいづみの目には映った。赤い炎に照らされる横顔はどうしてか、いつもより柔らかく見える。会ったことはないが、悟朗の父親もきっとこんな表情をしていたはずだといづみは思う。このボイラー室はまるきん温泉の心臓であり、悟朗にとっての特別な場所、聖域のようなものなのかもしれない。

静かな時間が続くとついなにか喋ろうと思ってしまういづみだったが、悟朗といる時は沈黙が気にならない。黙って作業をしていると、浴場の方から、カン、カンと何かを打ち付けるような音がした。女湯の方からだ。

「あ、響桶」

男湯の方から今度は3回、カン、カン、カンと、桶を打ち付ける音が響いた。

「この音は……堀井さん？」と、悟朗。

「たぶん。奥さんせっかちだから、繰り返しますよ」

いづみが言うやいなや、女湯から催促するように再び2回、桶を打つ音が聞こえてきた。

「ほら！」と、いづみは悟朗の方を見て笑う。

これは「響桶」といって、男湯と女湯の間の駆け引きのような、作法のような、まるきん温泉にいつからか定着していた文化だった。

先に風呂を上がる方が、「もう出るりど？」と、桶を2回打って呼びかける。相方は「こちらも上がる」の時は1回、「まだ出ない」の時は3回、桶を打ち鳴らすのだ。

先ほどは「まだ出ない」と返事をしたはずだったが、女湯からの再度の問いかけに、男湯からは、「もう上がる」を意味する1回だけの〝カン〟が響いてきた。どこか弱々しい音を聞いて、いづみは思わず笑ってしまう。

「旦那が負けたな」

悟朗もニヤッと笑いながら言った。

こういうの、いかにも町の銭湯って感じで好きだな。いづみはボイラー室の熱気で額にうすく汗をかきながら思う。堀井さん夫婦をはじめ大切なお客さんたちの相手を、史朗がきちんとできていますように、と火に向かって祈った。

三浦史朗と常連客

古いアルバムのページを開いた時のようだった。番台に座り、目の前に広がった風景は、史朗の頭の底の方に落ちていた様々な記憶をあっという間に引き上げた。

小さな頃、母の膝に乗り、一緒に番台に座ることが時々あった。悟朗はまだ生まれていなかったかもしれない。もちろん今の史朗の方が背はずっと高いのだが、記憶の中にあるそれと、目の前に広がる風景はほとんど同じに感じられた。風景と共に史朗が思い出したのは、匂いや音だった。風呂上がりの人が番台を通る時に香る、石けんやシャンプー。戸を開け閉めするガラガラという音。子どもが泣いたり叫んだりする声や、桶の響く音。「史朗ちゃん」と笑顔で話しかけてくれる、近所に住む顔だけ知っているおばさんやおじさんたち。史朗がなんとなく手を振ると、みんな嬉しそうに振り返してくれた。そして、背中越しに感じていた母の体のあたたかさ。

母のことを思うと、まるきんを畳もうとしている自分の計画が、いいことなのか、そうではないのか、よくわからなくなってくる。働き詰めで、苦労ばかりで、早くに病を得てこの世から消えてしまった母。銭湯には思い出が詰まっていると同時に、母を縛り付けていた場所でもあるのだ。

懐かしさや罪悪感がないまぜになった感情を持て余していると、ガラガラと戸が開く音が二重に聞こえた。はっと我に返ったものの、男湯と女湯、どちらを向けばいいのか、史朗はきょろきょろとしてしまう。

「お兄さん、お兄さん」

右を見ると、70代の後半くらいだろうか、ひょろりと痩せた男性がいた。

「あっ、いらっしゃいませ」

老人は史朗の顔を見るなり、「僕のガールフレンドは?」と聞いてくる。

「ガールフレンド?」

すると左手から、「いい歳して、みっともないこと言わないの!」と女性の声がした。女湯の方には、白髪を短くおかっぱのように切りそろえた老女がいた。「こわい、こわい」と、男性がまったく怖くなさそうに言う。きっと夫婦だろう。

「すみません、俺で」

と、史朗が言うと、妻は「あら、私は嬉しいわ」とニコニコしながら言った。赤いコートが白い髪によく映えた小洒落た印象の女性だ。夫の方がわざとらしく大きな咳をした。

「ええと、お2人で900円です」

史朗が言うと、

「そっちからもらって」と、妻が番台越しの夫を指差す。

「たまにはあなたが払いなさいよ」

夫が不満そうに口を尖らせるが、その様子にはどこか愛嬌がある。

「私はね、お風呂は２日に１回でいいの」

「だからお前は臭いんだ」

「臭くて悪かったわね。帰ります！」

妻の顔が一気に険しくなり、本当に戸から出て行こうとした。笑ったり、ヘソを曲げたり、忙しい人だなと史朗は思う。

「わかった、わかった！　払うよ、払う！」

観念したのか、夫は上着から財布を取り出して、史朗に千円札を渡した。妻の方は礼を言うでもなく、「当然でしょ」という顔で澄ましているのがおかしかった。

「ありがとうございます」

夫婦のやり取りが終わり、史朗はホッとしながら男性にお釣りの１００円玉を渡したのだが、２人はなぜか番台にいる史朗を挟んだまま会話を続けた。

「何分？」

「50分」

「そんなに入れないわよ」妻が顔をしかめる。「30分！」

「……45分？」夫もあきらめない。

「35分！」

「じゃあ、40分……」

「37分でいいわ！」

２人は言い合いをしながら、それぞれやっと男湯と女湯の脱衣所に進んでいった。

「37分……」

史朗は半端な時間設定が気になり、思わず柱時計を確認した。ちょうど5時だった。

なんとなく時間を気にしながら番台に座っていた史朗は本当にぴったり5時37分に夫が男湯から出てきたので驚いた。

夫は腕に牛乳瓶を２本抱えていた。頬に色が差し、先ほどよりもずっと生き生きとして見える。番台に瓶２本と５００円玉が1枚置かれた。１本は普通の白牛乳、もう片方はフルーツ牛乳だ。

「牛乳が１１０円と、えー、フルーツ牛乳は……」

「120円！」

「ということは、2つで230円で」

「お釣り、270円！」

「あ、はい、すみません」

史朗はあたふたとしながら、小銭を手渡した。お釣りの計算なんて学生の頃のアルバイト以来だ。

夫はにこにこしながら牛乳瓶を取り、その場で腰に手を当てて美味しそうにごくごくと飲んだ。

「ごめんなさい、お待たせして」

妻がやっと女湯から出てきた。風呂に行く直前の不機嫌な雰囲気は一掃され、どこか若々しく見えた。

「はい！　いつもの」と、夫が番台の上に乗せていたフルーツ牛乳を渡す。

「ありがと、お父さん！」

妻の方もフルーツ牛乳の蓋を開け、美味しそうに飲み始めた。

「あぁ、幸せ。やっぱり銭湯はいいわね、お父さんの言う通り」

「だろ！」

夫が自分の手柄のように得意げなのが、史朗にはおかしかった。

「お兄さん、いいお湯をありがとう」

老夫婦はそれぞれ牛乳瓶を手に、先ほどまでの言い合いが嘘のように仲良く出て行った。寸劇でも見せられているようだった。夫婦の変わりように唖然としたが、声が届くうちにとあわてて見送った。

「また、お待ちしています！」

自然と笑顔になっていた。俺、なにを楽しんでいるんだろう？　ふと視線を感じて振り向くと、悟朗が番台の横に立ち、「ふうん」という顔でこちらを見ていた。小馬鹿にしているような、感心しているような、なんとも言えない顔だった。

「なんだよ」

「別に」

悟朗は結局中へは入らず、また出て行った。

「なんだよ」と、史朗はもう一度繰り返した。

史朗は時折退屈しながらも番台に座り続けた。少しでも体を動かすと腰にくる。じっとして、頭を空っぽにできる時間がありがたかった。こうやってボーッとする時間というのも久々だ。

夜の8時を少し過ぎた頃、いづみが番台に顔を出した。

「さっき、堀井さん夫婦、来てましたよね」

「堀井さん？」

「お風呂に入った後、すごく仲良くなる夫婦」

「ああ、来た来た！　牛乳とフルーツ牛乳の」

「やっぱり」

「いつもああなのか」

「まるきん名物の一つですね」といづみは笑った。

「史朗さん、あとはいいですよ。夕ご飯でも食べてきてください」

「いいの？」

「もちろん」

「君は？」

「私はもう食べました」

何も言わずに先に食べたのかよ、と史朗は思ったが、口には出さなかった。いづみに何か言えば、間髪入れずに言い返されるということが身にしみていたのだ。

「10時に閉めて、それから掃除をします。その時間までには戻ってきてくださいね」

史朗は「寿々屋」にもう一度行ってみようと決め、店へ足を運んだ。店ののれんは仕舞われていたが、明かりが漏れていた。史朗は思い切って戸を開けた。

「ごめんなさい、今日はもう……あら、史朗ちゃん！」と、テーブルの上を片付けていた瑛子が、手を止めて出迎えてくれた。厨房には、先日、男湯でも会った大作がいた。

「終わりですよね？」

「ちょっと待って」

瑛子が厨房の大作に向かって叫ぶ。

「ねぇ！　もう火、落とした？」

「あ？」

「まだいける？　史朗ちゃんが来てくれたのよ！」

大作は史朗の顔をしばらく見つめていたが、「しょうがねえな」と、腰を上げた。

「ありがとうございます」

史朗は礼を言った。さっきまで番台で接客していたせいか、大きな声が出た。

久しぶりにありつけた皿うどんは、記憶に違わず旨かった。普段の何倍も体を動かしたあとということもあり、少し濃い味付けが舌と体に沁みてくる。

いつの間にか瑛子がテーブルの横に立ち、皿うどんをほおばる史朗を嬉しそうに見ている。

「味、どう?」

「めちゃくちゃ旨いです」

「史朗ちゃん、おいしい、って!」瑛子が厨房に向かって大きな声で言う。史朗もそれに「最高です!」と、続いた。洗い物をしている大作は、「おう!」と応えてくれた。この前までの対応が嘘のように、普通に接してくれるのが、史朗は嬉しかった。

夢中で食べ続けていると、テーブルに小皿が置かれた。厨房から出てきた大作が「余りもんだけど。銭湯やるのに、体力使うだろ!」と、史朗の背中をバシンと叩いた。背中から腰にかけ、鋭く痛みが走ったがなんとか耐える。史朗が銭湯を手伝い始めたことを瑛子から聞いたようだ。

「銭湯の仕事も、いいもんでしょ?」と、瑛子。

「はぁ」

「悟朗ちゃんも喜んでるでしょう?」

「いいえ。俺、今、たまたまいるだけで……」

瑛子と大作は、史朗が銭湯の仕事をするのをなぜか喜んでいるようだった。

「遠慮しないで。お腹いっぱい食べてってね」

史朗は罪悪感がまた湧いてくるのを感じたが、皿うどんの旨さがそれを覆い隠してくれた。

寿々屋で皿うどんを平らげた後はまるきん温泉に戻り、閉店後の銭湯の掃除を手伝った。とはいえ、腰に痛みを抱えた史朗にできることはほとんどなく、「もう明日からでいいです」と、いづみに追い払われるようにして浴場を出た。いづみの面倒見のよさと優しさに史朗は感謝した。悟朗はボイラー室にいるのか、姿を見せなかった。

夜の11時過ぎ、史朗は仮の自室に戻った。腰が痛まないよう慎重に椅子に座り、机の上に白い紙を広げる。死ぬまで銭湯を続けた父の部屋で、その跡地に建てるマンションの設計図を書くのは、残酷なことに思えた。ペンを持つと、番台で出会った人たちや悟朗といづみ、寿々屋の夫婦の笑顔が浮かんだ。計画を進めることはこの笑顔をすべて潰すことにつながる。そう思うと、史朗の筆はなかなか進まなかった。常連客たちの顔とともに、どうしてか、父と母の顔も一緒に浮かんできてしまう。

だめだ、これは仕事だ。俺のこれからを左右する、大きな仕事なんだ。不動産会社の人たちも期待していただろう？　自分を鼓舞して、再びペンを手に取った。

深夜1時過ぎ、隣の部屋——悟朗の部屋から物音がした。あいつは今、仕事が終わったのか。ボイラー室で見た、父の背中と似ていた悟朗の姿を思い出し、またなんとも言えない気持ちになった。

「ああもう」

史朗は机にひじをついて、両手で瞼をこすった。ペンが振動でころころと転がって床に落ちた。

小林良子の願い

自分は小さな幸せを見つけるのがうまい。良子は長い間、そう思って生きてきた。たとえば、あの人と別れたあとの小さな幸せは、竜太(りゅうた)と一緒に銭湯に通うことだった。その頃住んでいたアパートには風呂がなく、まだ小さい竜太と一緒に銭湯に通うのが日課だった。銭湯に行くまでの道すがら、竜太がまるでお祭りへ行く時のようにはしゃいでいる姿を見るのは楽しかった。

帰り道では2人で一緒に歌を歌った。どんな歌を歌っていたか、良子はそれから20年以上が経った今でもはっきりと思い出せる。風呂のおかげでいつもより熱い手で、子どもの小さな手を握ると、これ以上の幸せはあるだろうか、と泣きそうになってしまうこともあった。この子さえいれば私は大丈夫。帰り道、星空を見上げながら、良子はいつもそんなことを考えていた。

そんな竜太に、もう3年近く、会えていない。

竜太が逮捕された時のことは、はっきり覚えていない。連絡が入り、警察に駆けつけた。実の父親に連絡を取り、会いに行き、そこで何か揉めて、竜太は衝動的に、その人を刺してしまったのだという。急所は外れており、父親の命は無事だった。「お母さんのことを、何か言われてカッとなったそうですよ」と言われた。面会は許可されたので良子はすぐに申し込んだが、竜太はそれを拒否したようで、結局会えなかった。良子はショックを受けた。本来はそうするべきだったのかもしれないが、もう一度申し込む勇気は出なかった。

竜太は物心がついてから、父親に会えていない。

「今度、親父と会ってみてもいいかな?」

社会人になって何年か過ぎた頃、さり気ない様子を装って、母親を気遣いながら切り出した竜太を良子は止められなかった。せめて自分も一緒に行くべきだった。二度と顔を見たくない相手であっても、行くべきだった。後悔しかなかった。

竜太のことは近所でも噂になっていた。良子はこれまで通りに明るく振る舞っていたが、それがかえって周りに気を遣わせてしまっているようで、居心地の悪さを感じ引っ越そうと決めた。それまで竜太と暮らしていた、少しばかり広くなった部屋も持て余してしまっていた。

でも、どこに? 自分の心が休まる場所……。ふと、頭に浮かんだのは、昔、シングルマザーになったばかりの頃に住んだ隣町だった。そう、竜太と通ったあの銭湯がある町だ。あれからも時々顔を出したのだが、電車代がかかるのと、新しい部屋には風呂が付いていたため、入浴料が余計な出費に思えてしまい、だんだんと通うのをやめてしまったのだ。

あの銭湯、まだあるのかな。今の時代、銭湯が生き残り続けるのは難しいだろう。もうとっくになくなっているかもしれない……。考えを巡らすうちに、どちらにしろ、自分の目で思い出の場所を確かめたいという気持ちが、良子の中でどんどん強くなっていった。

もしもあの銭湯がまだ営業をしていたら、引越し先は、その近くにしよう。良子は、本当に久しぶりにわくわくする気持ちを抱えながら電車に乗った。


隣町に着いて、記憶を辿りながら歩いていくと、見覚えがある建物が見えてきた。胸がどきどきしている。そのどきどきは、煙突から煙が出ているのを見つけた瞬間、ぱんと弾けた。よかった、まだ営業している。

良子はのれんをくぐって、中に入った。靴を脱いで、女湯の戸を開ける。見覚えのある男性が、番台に座っていた。きっと自分が通っていた時と同じ男性だと良子は気づくが、黙って料金を払い、脱衣所に向かった。念のためにタオルや着替えを持ってきていてよかった。

脱衣所は、良子一人だった。脱衣カゴは棚に整然と収まっていて、磨りガラスの向こうの浴場にも人影はない。どうやら一番客のようだ。体重計や、壁に貼られた「石けんあります」の文字、近所のパーマ屋の看板など、自分の記憶のままだった。懐かしさに目を細める。

ふと、ここの湯に浸かり、体をあたため、服を着て脱衣所を抜ければ、あの頃の竜太が待っているのではないか、戻れるのではないか。そんなくだらない妄想が浮かんで良子は頭を振った。それからは何も考えずに服を脱ぎ、丁寧に畳んで脱衣カゴに入れると、浴場へと進んだ。

体を洗ってから、自宅の風呂とは比べ物にならないほど、広い湯船に浸かる。少し熱すぎるくらいのお湯だ。

「懐かしい……」

良子は思わず、そうつぶやいていた。ここのお湯の熱さにすっかり慣れてしまって、家の風呂を焚くときも、それまでより温度を上げるようになっていた。でももちろん、銭湯のお湯のような心地よさはなかった。家の風呂がダメなのではなく、ここが特別なのだ。竜太の事件後、初めて心が安らいだ気がした。

「気持ちいい」

もう一度、つぶやいた。自分の声が、普段よりも綺麗に聞こえる。天然のエコーだ。考えてみれば、いつも夜の混み合う時間に通っていたため、ここの風呂で一人になるのは初めてのことだった。

ここで歌うと、まずいだろうか?

誰かが入ってきて、歌う姿を見られたら恥ずかしい。冷静な自分はそう止めている。だが、竜太のことで疲れ切り、すり減らし続けた心が、少し歌うくらいなら構わないとささやいていた。

良子は歌い始めた。竜太とよく、帰り道に口ずさんでいた曲だった。初めはおずおずとした歌声だったが、エコーの心地よさもあって、良子は自分のすべてを解放するように思い切って歌った。

誰かが来たらすぐにやめようと思ったが、結局、歌い終えるまで客は来なかった。良子は泣きそうになりながらも、なんとか歌いきった自分に、ほっとしてもいた。あの頃に戻れたら、とか、竜太を止めればよかった、とか、いろいろな想いが再び頭の中を駆け巡っていた。

風呂から上がり、番台の男性に「おじゃましました、いいお湯でした」と言って去ろうとしたが、ふと、冷蔵庫のコーヒー牛乳が目に入る。竜太の好物だった。ここに住んでいた頃は特にお金がない時代だったが、時々、買って飲ませてあげていた。

良子はコーヒー牛乳を取り出して番台の男性に小銭を渡し、横にあった椅子に座って、それを飲んだ。まだ自分以外の客は来ない。あまりに静かだった。ここ、経営はどうなっているんだろう……と余計な心配をしていると、番台の男性に声をかけられた。

「あんたも歌が上手なんだな」

コーヒー牛乳が口からこぼれそうになった。上気していた顔が、ますます赤くなっていくのが分かった。番台の男性の顔を見られない。ああ、聞こえていたのか、と恥ずかしくなる。良子は昔から歌だけは得意だった。プロの歌手を目指したこともある。しかし、いざ歌うとなると極度の緊張に襲われた。オーディションで何度も挫折し、あきらめた。さっきのように、人がいないところでは堂々と歌えるのに。

嫌味を言われているのか、それとも、褒められているのか。やっと顔を上げて男性を見上げるが、その顔には特にこれといった感情のある表情は浮かんでおらず、どちらとも取れた。良子はとりあえず「ありがとうございます」と礼を言うが、「あんたも」と言う言葉が引っかかっていた。

「あの……」

「ずいぶん、久しぶりに来たね」

一瞬、何のことかわからなかったが、かつて通っていた頃の自分を覚えているのだと気がついて、驚いた。もう10年以上、来ていなかったのに。

男性はぶっきらぼうに、何も言葉が出ない良子に向けて話し続けた。

「息子と一緒に来ていただろ。あの子、たまに仕事終わりにここに来て、風呂に入って、誰もいない時はたまに歌っていたよ。風呂から上がると、よくコーヒー牛乳を飲んでいた」と男性は言った。

知らなかった。そういえば、息子は風呂好きなのに、帰ってから入浴せずにそのまま寝てしまうことが度々あった。どうして自分にそれを隠していたのかは、わからない。

「最近、来ないけどね」

この男性は、竜太がしたことを知っているのかもしれない、と良子は思う。今は銭湯に通えない理由を。「今度は、私が通わせてもらうかもしれません」

気づくと、良子の口はそう動いていた。男性は少し口元を歪めた。あ、今、笑ったのか、と良子は気づく。そのあまりに不器用な笑顔がおかしくて、良子も笑ってしまう。男性は青い、古びたはんてんのようなものを羽織っていた。何となく、炭のような匂いがする。普段は裏で、火を焚いているのだろう。

「うちはこの時間、見ての通り客がほとんど来ない。だから良かったら、また歌いに来なよ」

「いいんですか？」

驚いて聞き返すと、

「いいよ。今、ラジオが壊れていて暇なんだ」

と、男性は言った。良子は黙って頭を下げた。この町に越して、ここに通って、竜太が出てくる日を待とう。そう決めた。

服役囚の楽しみ

幼い竜太は、一生懸命に石けんを泡立てて、体を洗っていた。きちんと洗えば、母親が喜ぶことがわかっていたからだ。ある日、隣の洗い場にいた、腕に刺青が入った男に、「おいこらボウズ、謝らんか！」と、怒鳴られた。竜太の石けんの泡が、顔に飛んだのが気に食わなかったようだ。その剣幕に竜太は怯え、女湯から飛んでくる「竜太、どうしたの？」という母の声にも、何も答えられなかった。

助けてくれたのは、その時、湯船に浸かっていたメガネをかけた優しそうなお兄さんだった。お兄さんは、竜太相手に本気で怒るその男のことを、鼻で笑った。男は「なめてんのか、この野郎！」とさらに怒った。しかし、そのお兄さんが湯船から立ち上がった瞬間、腰を抜かした。ひ弱そうなお兄さんの全身は、男とは比べ物にならないほどびっしりと刺青で埋め尽くされていた。男は竜太に「風呂の中で、人に迷惑かけたらダメだぞ！」と震える声で言うと、あっという間に浴場から出て行った。その顛末に、男湯にいた客が全員、大声で笑った。もちろん、竜太自身もだ。

竜太は帰り道、繋いだ手をぶんぶん振り回しながら、母親にその出来事を話した。

「すっごい刺青なの！　カッコ良かったぁ」

「見た目だけで、人は強くなれないのよ」母が優しい声で言う。

「ねぇ、お父ちゃんはどうだったの？」

母の手が一瞬離れ、すぐにまた強く握られた。

「……会ってみたい？」

「うん！」

「竜太がいい子になったら、お父ちゃん、会いに来るって」

「本当？」

「そう、竜太がいい子になったらね」

「ぼく、いい子になる！　ぜったい、いい子になる！」

夢の途中で目がさめる。そうだ、あの頃の俺は、父親に会いたくて仕方がなかった。竜太は硬くてしょうがない枕に頭を置いて、もう一度眠ろうとする。周りの男たちそれぞれの寝息や寝言、歯ぎしりの大合唱にも、もうすっかり慣れてしまった。

竜太が刑務所に入ることになったのは、実の父親をナイフで刺したからだった。もう3年前のことになる。物心ついた時から母と2人暮らしだった竜太に、父親の記憶はまったくなかった。だからこそ、会ってみたかった。母親に連絡先を聞き出して、竜太は父が暮らすマンションを訪ねた。会わなかった時間が、竜太に夢を見させていた。母親は父親について何も教えてくれなかった。母親とは仲が良い方だったが、そのことに関しては、ずっと不満があった。

しかし、いざ会ってみるとすぐに、母が語らなかったのは、彼が語るに至らない人物だったからだ、と竜太は理解した。父は、竜太が息子と名乗っても何の興味も湧かなかったようだ。汚いものを見るような目で竜太を見、「あいつには似ていないな」と言った。確かに、父は竜太と似ていた。「俺の唯一の失敗は、あいつと、それからお前だよ」と、父だという人は言った。

父親のマンションは竜太も母も、この先、足を踏み入れることはないような土地代の高い住宅街にある、高級そうなマンションだった。高そうな家具の上に、写真が飾られている。父親と、妻らしい女性と、子ども。父親は一度も、約束した金を払わなかったと、母が一度だけこぼしていた。だから竜太には必要以上に苦労させてしまったと、母に謝られた。

竜太はその時の母の顔をずっと覚えていた。竜太は、台所にあったナイフで父の背中を刺した。その瞬間のことは、ほとんど覚えていない。すぐに我に返り、倒れた父親を残し、一度は外に出たが、またすぐに戻った。救急車は自分で呼んだ。手が震えて、携帯電話の小さなボタンが押せず、通りかかった人に代わりに通報してもらった。救急車と警察の車が来て、父は救急車に、竜太はもう一つの車に乗った。

急所を外していたため、父親は助かったようだった。それを知った瞬間、竜太はものすごい吐き気に見舞われた。父親を刺した時の手の感触がまざまざと蘇ってきた。一人の人間を殺していたかもしれない。誰かを殺そうなんて考えたこともないのに、それをしてしまった自分が恐ろしく、遅れて恐怖心がやってきたのだ。

あの明るい母を、殺人犯の親にせずによかった、とも思った。母にはひたすら申し訳ない気持ちしかなく、面会の申し込みもあったが、どんな顔をして会えばいいのかわからず、断ってしまった。手紙を出せることもわかっていたが、書けなかった。ここにいる間は、徹底的に孤独でいようと決めた。

刑務所の風呂は大勢で入浴する。銭湯と似ているといえば似ているが、しかし監視されながら、湯に浸かれるのも一瞬という様相で、内実は真逆だった。竜太は精一杯、何も考えないようにしながら、浴場で石けんを泡立てた。気を緩めると、かつて通った、まるきん温泉を思い出してしまい、どうかしてしまいそうだった。

仕事終わりに、思い出深いまるきん温泉に通っていたのは、日常の中のいちばんの幸せだった。無愛想な番台の親父、体の芯から温まる湯。常連のおじいさんと喋ったり、帰り道に、近所の食堂で皿うどんやちゃんぽんを食べたりした。湯船にゆっくり、誰にも邪魔されずに浸かりたい。そして風呂上がりにのどを鳴らしてコーヒー牛乳を飲みたい。母親には、銭湯通いのことは何となく言っていなかった。あの時住んでいたアパートは狭くて、母は仕事の掛け持ちが大変そうだった。あの町での思い出は、母にとって何か嫌なことを思い出させるのではないかと思うと、何となく言えなかった。

銭湯の代わりにはならないが、竜太の今の楽しみはラジオを聴くことだった。夕方の6時から2時間だけ許されている時間だった。竜太が好きなのは「今夜も浸からナイト！」というふざけたタイトルの番組。ＤＪフロウという男が、全国のリスナーから寄せられた銭湯や温泉の情報について喋る。軽い、これといって中身のない喋り口調が、今の竜太にはありがたかった。いつか、まるきん温泉が紹介されないかと耳をすませたが、そんな夜はついに来なかった。

ああ、自分がハガキを出せばいいのか！　と、気づいたのは、もう少しで刑期が明ける頃だった。どうして3年近く気がつかなかったのか？　「今夜も浸からナイト！」は今となっては珍しく、ハガキでメッセージを募集していた。ラジオではフロウが、今度、温泉評論家のオオタというゲストが来るから、おすすめの銭湯を教えてくれ、と言っていた。それに合わせて送ろう……。竜太はすっかり慣れてしまった寝心地の悪い布団に横たわりながら、文面を考える。この布団で眠るのも、あと数ヶ月だ……。

〈3年ぶりに実家に帰省するのですが、一番の楽しみが銭湯です。番台のオヤジさんは決して愛想がいいとは言えませんが、井戸水を薪で沸かしているのでお湯は最高です。そこに集うお客さんたちもいい人たちばかりで、その銭湯に行くと心まであったまります……〉

家元 二之湯薫明の点前

その日もいつものように、横山は他の門下生たちと一緒に、湯道会館の広間で稽古の開始を待っていた。いつも時間通りに始まるが、今日は予定から5分過ぎても梶が姿を現さない。弟子たちは正座こそ崩さなかったが、互いにそれとなく顔を見合わせていた。何かあったのだろうか？　浴槽がある部屋の前方に、銅鑼(どら)が置かれていることに横山は気がついた。今までの稽古で、あんなものがあっただろうか？

さらに横山は、床に飾られた掛け軸をじっと見つめる。稽古ごとに掛け軸は変わるが今日は「洗心無垢」と書かれている。横山はなぜか、その掛け軸から目が離せなかった。

7分が過ぎた頃、廊下の方から微かな足音が聞こえてきた。弟子たちは姿勢を正し、前を向く。部屋の前方の襖が開き、梶が入ってくる。いつものように、一礼をして部屋に入った。

「本日はみなさんに大変、嬉しいお知らせがございます」梶がいつも通りの張りのある声で告げる。

「療養中の家元ですが、本日はご体調がよろしいということで、入浴点前をご披露頂けることになりました」

場がどよめいた。門下生たちのどよめきと喜びが、一斉に広がる。横山は小さく息を呑んだ。いよいよこの目で、家元の点前を見られるのだ。

「湯に浸かり、心を洗い、無垢なる己となる。家元の点前を、それぞれの心に焼き付けてください」

梶は桶で浴槽の湯をすくい、湯加減を確かめた。そして桶を高々と掲げ、小さな滝を作るように、湯を浴槽へと落とす。この音を合図に襖が開き、男性が現れた。湯道第十六代家元・二之湯薫明その人だ。家元は70代後半、その世代の人にしては背が高かった。細身だが、着物姿には貫禄がある。よく見ると顔色が優れないことがわかるが、それを気づかせない凜とした雰囲気が漂っていた。横山はその佇まいに圧倒される。特に印象的なのは目だった。一瞥（いちべつ）されると反射的に背筋が伸び、しばらくそのままでいられそうな鋭い目。青い炎みたいだと、横山は思った。

檜の浴槽を前に、家元は腰を下ろした。沈黙。家元はじっと浴槽の湯面を見つめている。皆、固唾（かたず）を呑んで家元の第一声を待った。

「私はかつて、アメリカ大統領に湯を点てました」

弟子たちはうなずく余裕もなく、家元の声に耳をすませる。

「しかしあの風呂の良さが、果たして大統領に伝わったのか？　正直、自信がありません。

何故ならば……アメリカには……湯ないてっど」

再びの沈黙。虚をつかれた弟子たちは、果たして笑っていいのかどうか、微妙な空気に包まれる。湯ないてっど……横山はその不思議な単語を頭の中で反芻（はんすう）した。そしてはっとした。もしや、ユナイテッド？

普段の稽古中には何にも動じず、淡々としている梶が、襖の前からやや焦ったように弟子たちの様子をうかがっていた。

そんな空気を感じてか、家元が相好を崩した。

「私の使命は、湯で安らかな世をつくること。すなわち湯で、人を笑顔にすること。笑っていいのですよ」

広間は弟子たちのやや不自然な笑い声で包まれた。それでも場の空気は少し和んだ。ほっとしたように、梶が姿勢を元に戻した。

「さて」

笑い声が続く中、家元は合掌をした。その瞬間、笑い声は、ぴたりと止んだ。そして漆の水呑みに口をつける。入浴前の水分補給、〈潤し水〉だ。いよいよ家元の点前が始まるのだ。

梶が銅鑼を打ち鳴らし、叫んだ。

「洗心の儀！」

湯に向かって合掌し、帯を解き始める家元。威厳のある、そして美しい所作だ。帯を解くと、自ら風呂屏風を広げ、その陰で着物を脱いでゆく。脱いだ着物を屏風にかけるが、その形はまるで絵を描いているかのようだった。最後の褌をかけた時、屏風は一つの作品として完成した。〈衣隠し〉を行わず、むしろそれを作品として披露する最高位の技だ。横山の隣に座る先輩の門下生が信じられない、という表情をした。

「初めて見た……衣描きだ」

横山は〈衣描き〉をしっかりと目に焼き付けた。

家元の〈湯合わせ〉は、まるで湯が命を有しているように、体の上に一筋の軌跡を描いていった。桶を持つ指の一本一本の角度まで、完璧に見える。家元が湯を操る音だけが響いていた稽古場だったが、その〈湯合わせ〉が終わると、より静けさが増した。いよいよだ。

沈黙を打ち破るように、梶が今度は3度、銅鑼を打ち鳴らし、叫ぶ。

「入湯洗心！」

銅鑼の残響が消えたところで、家元は浴槽にゆっくりと身を沈めた。音もなく、身体が別次元に吸い込まれていくような不思議な光景だった。檜の浴槽の側面を湯が少しずつ上昇し、縁の頂上でピタリと止まる。浴槽の縁上を、表面張力で膨らんだ湯面がわずかに超えている……が、決してそれが外に溢れることはない。

弟子たちは拍手をしようと手をわずかにあげた。が、まだ終わりではない。湯面に何かが映っているようだ。よく見ると、それは床に飾られた掛け軸の文字だった。「洗心無垢」と、湯面に宝石のように輝いて映し出されている。

「これが一心同湯か……」

横山の隣の先輩が小さく呟いた。

横山は夢中で手を叩いた。長い映画を観終わったような興奮と、なぜか少しの徒労感があった。見ていただけなのに自分も一緒に点前を行ったような、そんな臨場感があった。門下生の中には拍手をしながら、感動で涙を流す者もいた。

洗心の儀を終え、着物を身にまとった家元が、再び弟子たちの前に現れた。はじめに入ってきた時とは違い、柔らかな雰囲気が漂っている。

梶が口を開いた。

「家元のお話を直接伺える貴重な機会です。ご質問のある方？」

今しがた目の前で行われたことをまだ現実のものとは受け入れることができず、放心状態の弟子がほとんどだった。誰も手をあげない。横山もまだ圧倒され、夢見心地だった。しかし、ずっと胸に温めていた家元に聞きたかったことがあった。勇気を出して、そっと手をあげた。

「横山さん、どうぞ」

横山は立ち上がり、家元に一礼をした。

「洗心の儀、感動いたしました」

見るからに緊張し、少し声が震えている横山に、家元は優しく微笑みかけた。

「お家元にとっての人生最高の一湯、どちらのお風呂なのか、うかがえましたら幸いでございます」

家元は少しのあいだ、目をつぶった。過去に想いを馳せているようだった。

「父が死に、弟が家を出て自分ひとりになった時、私は迷いました。弟子たちも徐々に減り、湯道が時代から取り残されるのは明らか。果たして湯を道にすることに、価値などあるのか？

その答えを見つけたくて、火の神が祀られている愛宕山に登りました。しかし残念ながら、答えは見つけられなかった。やめることを決心し、山をくだる途中、道に迷いました。身も心も疲れ果てた時、偶然たどり着きました。川のほとりにある小さな茶屋に。そこで頂いたお風呂……それが人生最高の一湯です」

「何がそんなに素晴らしかったのですか？」

横山は続けて質問した。家元はしばらく間を置いてから、こう答えた。

「入った者にしか分からない。もう20年以上も昔の話です」

稽古場全体が、ほうとため息をついた。家元の語りに皆、魅せられていた。

「よければその名前を？」

あまり深入りしすぎると失礼にあたるかもしれない、と思ったが、横山はどうしても訊かずにはいられなかった。

家元はまっすぐに横山の目を見据えながら言った。

「……『くれない茶屋』」

稽古の帰り道、自転車を漕ぐ横山は、不思議な感覚に包まれていた。多幸感であり、驚きであり……その中にはどうしてなのか、怒りのような、後悔のような感情もあった。家元も、そして業躰の梶も、どれほど人生の多くを湯道にかけているのか、今日の点前や2人の佇まいを見ているとよくわかる。もちろん自分はそれが本業ではないが、残りの人生の時間をかけようとしているのは確かだ。家元も梶も、自分たち門下生に稽古をつけるために大切な人生の時間を分け与えてくれている。自分はこれまで、実はそれほど、真剣に稽古を受けていなかったのではないか？　と自問自答を繰り返し、あれほどすごい人たちの下にいるのだから、もっと頑張るべきなのではないか、とまだ甘いところがある自分を叱っていたのだった。できるだけ、恥じない弟子でいたいと、横山は思った。

信号待ちをしながら、横山はさらに考える。意欲がもしも泉のようなものだったら、その水量が急に増して、心と体にずっと流れ続けているような感覚があった。もっと早くから湯道に入門すればよかったと後悔する思いもあった。自分はいつも、何かを始めようという時に躊躇(ちゅうちょ)してしまう。もっと早く、せめて1、2年早く門を叩いていれば、定年に合わせて黒の手ぬぐいに昇級できていたかもしれない……。

家元の佇まいや美しく力強い所作、直接交わした言葉が、横山に刺激を与え、これまで以上に湯道への想いを深いものにしていた。

信号が青に変わる。横山はペダルにかけた足に力を込める。家に着いたら、「湯道教室」のＤＶＤを頭から見返そう。

それからの数週間、横山はまるきん温泉に通い、入浴点前を繰り返し行い、自主稽古を繰り返した。休みの日は昼間と夜、2回訪ねることもあった。番台のいづみという女性や、オーナーだという史朗、悟朗という名前の兄弟とも顔を見れば会釈をした（史朗が湯道に精通しているのではないか、という誤解はあっという間に解けた)。特にいづみとは、番台でよく立ち話をするようになった。

仕事の傍らで湯道に励んでいるあいだに、季節は少しずつ春へと移ろっていった。ということは、42年間勤めた職場から離れる日も近づいている。いろいろなことが変わっていくと、横山はしみじみと思った。

梶斎秋の追想

家元が点前を披露しているあいだ、梶は何かあった時でもすぐに対応できるように、じっと神経を張っていたので、終わった時はひどく疲れていた。

しかし、横山の質問に答えるかたちで「人生最高の一湯」の話を始めた時、その疲れも忘れ、話に聞き入っていた。「人生最高の湯」という題目は、俗な好奇心なのではないかとみんなどこか遠慮してしまって、身内同士ではなかなか聞くことが難しいのだ。

家元が話したのは、「くれない茶屋」という京都の愛宕山で出会った湯だった。梶にとっては初耳だった。おそらく、他の業躰や弟子も知らないのではないか。

そして、家元の話に出てきた「弟」という言葉に驚いた。家元の弟については、優秀だったが家出をしてしまった、という噂を耳にしたことがある。ただ、当時のことを知る業躰ももういないため、あくまでも噂だったが、本当だったとは。

家元は兄の立場だったのか。それに気づいた時、梶もまた、自分自身の兄や、家のことへ思いを馳せた。

梶は二之湯家の生まれではないが、関係はあった。二之湯家に湯船や桶を納める、桶職人の家の次男として生まれた。父は桶職人の3代目で、梶にとっての祖父、つまり2代目の頃から、二之湯家とは付き合いがあるようだった。

梶は小さい頃から、木の匂いに囲まれて育った。7歳上の兄と一緒に、家に併設された工房で父の仕事をよく見ていた。手作業で木の板を均等な厚さで削り、板を組み合わせて丸い桶の形にする父のことを、本当に魔法を使っているのではないかと思っていた。自分も大きくなったら、同じようなことをするのだと何となく信じていた。

しかし、実際に父から仕事を教わるようになったのは、兄だけだった。年上の兄にはやる気があったし、後継は1人で十分だった。もしも、大きくなってからもやる気があるなら、お前も手伝えばいい。でも基本的には、自分に向いていることを仕事にすればいい。梶はそのくらいの扱いだった。しかし、家族はみんな桶関連の仕事をしていたし、自分もきっと、大きくなったら父の仕事を手伝うのだろうと、やはり成長しても、梶は思い続けていた。

転機があったのは梶が中学2年生の時だった。それは梶自身ではなく、父の転機だ。木工芸の職人として、重要無形文化財保持者、いわゆる人間国宝に選ばれたのだ。もっとも近い身内の1人である父親が、そんな大層な称号を手にするのは、奇妙な感じだった。梶は母と、兄と一緒に父を祝った。

そして家の工房に、父の弟子が2人、働くようになった。人間国宝に選ばれると、国から助成金を受け取る代わりに、弟子を雇い技術を伝承していくという義務が生まれるのだった。希少な技術を途絶えさせないための策だった。そんな経緯で、父には実の息子と2人の弟子、合わせて3人の後継者がいた。

梶が入る余地はもうなかった。自分以外の家族はみんな、桶にまつわる仕事をしているし、それはおそらく今後も変わらない。兄は高校を卒業後、いよいよ本格的に桶の仕事に励むようになった。海外の人にも興味を持ってもらえる新しい商品を作ろうと、父と連日試作品を作っていた。2人の仕事を支え、事務仕事を一手に引き受ける母も、また同じだった。梶は家の中で、居場所がないと感じていた。

中学生ながら、将来のことも悩みの種だった。

というのも、梶は勉強や運動もバランスよくでき、父譲りで手先も器用で、絵も上手だった。しかし、これといって突出して好きだったり、興味があったり、継続して夢中になれることがなかった。兄は運動が苦手で、学校の成績もさほど、という感じだったが、抜群に手先が器用で、何よりも木桶にかける情熱は父にも引けを取らなかった。梶は一つのことにずっと熱中できる才能を持った家族たちをうらやましく思っていた。自分は何となく器用なだけで、何も持っていない、と思った。

桶職人に特に魅力を感じていない周りの人々は、親の仕事を受け継がなくて済むことに「好きなことができるんだから、よかったじゃない」と声をかける人もいたが、梶はいよいよ、どうすればいいのかわからなくなった。家族に相談しても、自分の気持ちはきっとわからない。難なくこなせていた勉強なども億劫になり、適当にやるようになった。何をするでもなく、自分の部屋に閉じこもりがちになった。ああ思春期か、と両親はのんびり見守ることにしたようだったが、梶自身は想像以上に大きなコンプレックスのようなものに、飲み込まれそうになっていた。

湯道と出会ったのは、中学3年生の春の頃だった。季節の変わり目にやられたのか、父と兄は揃って風邪を引き、看病していた母も体調を崩していた。なんとか完成はさせたものの、その木桶を期日までに発注元に届けるには、直接渡しに行くしかなかった。唯一元気だった梶が、それを担うことになり、その届け先が湯道会館だった。湯道のことは知っていたが、あまり興味はなかった。同じ道なら、茶道の方がまだわかる。風呂に入るのを道や文化にするって、なんなんだ？　と不思議に思っていた。

また俺だけ除け者か……と、自分以外の家族が仲良く風邪を引いたことに少し寂しさを抱えながら、箱に納められた木箱を手に電車を乗り継ぎ、湯道会館を訪ねた。立派な、敷地の広い日本家屋だった。

　玄関先で帰るつもりが、どうしてか広間まで通された。ぼんやりと正座をして待っていると、わずかに襖が開いていた向こうの部屋で、風呂に入ろうとしている男の人の姿が見えた。部屋の真ん中に浴槽がある！　と、梶はまずそこに驚いた。

　木の桶を持って中身のお湯を背中にかける……という一連の動きを、男の人は、裸で何度も繰り返している。何をやっているんだろう？　思わずじっと見つめる。すると、その人と目が合った。やばい、失礼だったか、と思うが、男はニコッと笑って、手招きをしてきた。こっちへ来い、ということか？　梶は恐る恐る立ち上がって、襖を開けて、中央に浴槽がある部屋に移った。

「梶の家の子？」

　と、その人に聞かれた。にこやかだが、どこか鋭い雰囲気を持つ人だった。年齢は父よりも少し上だろうか？　梶が頷くと、その人はまた湯船の方へ近づき、桶で背中に湯をかける動作を繰り返した。この部屋は檜の匂いが強い、と梶は気づいた。

「背中に湯で、きれいな線を作るのが難しいんだ」

　その人が何度も木の桶で体に湯を当てる様子を、梶はただ見ていた。これが湯道なのか？　体にお湯をかけるのが？

「俺でもできそう……」

気がつくと、そう口からこぼれていた。はっとしたが、謝罪や否定の言葉は続かなかった。本当に、できそうだ、と思ったからだった。父や兄が、ミリ単位で木を削ったり、曲げたりする姿に比べれば。

その人はまた、にやっと笑った。そして「やってみるか？」と、梶に桶を渡した。

「いや……」

「できそう、と言っただろう」

男は笑いながら言った。若さも手伝い、試されていると感じた梶は、その場で服を脱ぎ始めた。器用さに自信があったため、あれくらいのことなら数回やればすぐにできるだろうと当たりを付けたのだ。男性はパンツだけを身につけていたので、自分もそれにならう。そして差し出された桶を受け取った。あ、父の桶だ、と気づいた。それを檜の湯船に入れて、お湯をすくう。

果たして、男と同じようにはまったくできなかった。

梶が何度、湯量を調整しながら桶の中身を背中にかけても湯は無様に床に落ち、背中をただ濡らした。何度やってもだめだった。お湯は聞き分けのない動物のように、梶の意思に反して、背中の上で散り散りに暴れた。

なんだ、これ？

どうして？

先ほどまで見ていた男のさりげない所作が、美しかったことにやっと気がついた。

「……すみませんでした」

そう言って、梶は男に桶を渡した。男はまたにんまりと笑い、「よかったら、また練習しにおいで」と、梶の肩をポンと叩いた。俺は初対面のおじさんと、裸で何をやっているんだろう……と思うと、悔しさと恥ずかしさの中に、おかしみも湧き出てきた。しかしおじさんの前で笑うのはなんとなく悔しい気もしたので真顔のまま頭を下げた。梶は服を着て、納品する木桶をその男にとりあえず預け、湯道会館を出た。

そしてその翌週、また湯道会館を訪れていた。

あんなにコツをつかめず、上手くできなかったことは、記憶の中では初めてだった。できない、上手くいかない、という感覚が面白かった。その先に何があるのか知りたいという思いで頭の中がいっぱいになった。あ、これが夢中になるということかと気がついた。心の中に風が吹いたような気がした。

数年後に入門してから、梶はあの時の裸のおじさんが、家元であることを知った。どうか無礼をはたらいた自分のことを忘れているか、あの時の子どもだと気づかれませんように……と願ったが、もちろん家元は全てを覚えていた。なぜ、あの時の自分に声をかけたのか。聞いてもきっと、答えてくれないだろう。

梶は遠い思い出から戻って、改めて、家元の話に感動している門下生たちを見つめた。皆きっとそれぞれに、この湯道にたどり着くまでの物語があるのだろう。そして、家元の弟という人は今どこで何をしているんだろう？　と考える。なんとなく、同じ弟という立場にあるその人と自分を重ねた。

太田与一の哲学

上質なものだけを選び取る、というのが太田与一の信念であり生き方だった。住居やインテリア、洋服、食事や酒から小さな文房具に至るまで、自分にふさわしいものを選び抜き、そばに置くことに喜びを感じる男だった。その信念がいちばん強く映し出されているのが彼の生業に関係がある〝温泉〟だった。

太田の肩書きは「温泉評論家」だ。全国の温泉施設を訪れ、湯の特徴や入浴しての所感を、知識やそれまでの経験を元に論じ、批評する。雑誌やテレビ、ラジオなどの媒体で、温泉事情の伝え手となって、温泉文化の発展に努める……それが太田の仕事だった。

「先生、いかがでした？」

その日、太田はある高級旅館へ取材に訪れていた。すでに温泉には浸かったあとで、広々とした中庭の東屋で湯上がりの体を休めていた。向かいには、ノートパソコンを広げた担当編集者の植野悠希が座っている。

「63位」

問いかけにそう答えると、植野はにこりとした。

「ということは、来年度の温泉番付に掲載、ですか？」

「まあ、そういうことかな」

「了解です！」

植野はパソコンのキーをすばやく叩き始めた。

『温泉番付』は、毎年刊行される太田の名刺代わりの一冊だった。忖度なく日本全国の温泉を評価しているため好評だったが、一方でたくさんの敵もつくることになった。

太田は温泉評論家の中でも、「源泉掛け流し至上主義者」と呼ばれている。太田が高い評価を与えるのは、循環も加水もしないありのままの湯だけであり、実際に源泉掛け流しの湯しか心からリラックスすることができなかった。周囲からの揶揄が含まれているのは承知の上で、太田はこの呼び名を密かに気に入っていた。

「先生、ラジオの出演依頼が来ているんですけど、受けてもいいですよね？」

植野がパソコン画面を太田の方へ向け、番組のホームページを見せてくる。

「書くのはいいが、喋るのはどうも」

「先生の話、面白いから大丈夫ですよ！」

植野は「返事しちゃいますね」と言ったあと、声のトーンを少し落としてこう続けた。

「それからもう一つ、ご相談が」

「何かね？」

「次の本のテーマ、銭湯にしませんか？」

かわいらしい笑みを浮かべる植野の顔を、太田はじっと見つめる。植野は20代後半、まだ若手の編集者だが、仕事ぶりは優秀だった。温泉の取材にも必ず同行して、太田が語る温泉のうんちくに喜んで耳を傾けたり、原稿を書きやすいように取材のメモを頻繁に取ったり、そつなく仕事をこなした。植野の仕事を信用しているとはいえ、すぐに返事ができない相談だった。太田が最後に銭湯ののれんをくぐったのは、思い出せないほど昔のことだった。

「銭湯？　この私が？」

太田の戸惑いを物ともせず、植野は楽しそうに話を続ける。

「そこなんです！　そのサプライズ感がいいんです！」

「銭湯なんぞ時代の遺物。存在していることがミステリーだよ」

太田がそう言うと、なぜか植野は嬉しそうに手を叩いた。

「そこです！　そのミステリーを先生が解き明かすんです」

太田は植野のテンションの高さに巻き込まれるような形で、ぽつりとつぶやいた。

「つまり私はミステリーハンターか……」

「面白い、それで行きましょう！」

植野はその日いちばんの笑顔を見せた。一瞬、植野にいいように利用されているだけのようにも思えたが、気のせいだと考えることにした。

「ＤＪフロウの『今夜も浸からナイト！』さっそく、今日のゲストをご紹介しましょう。温泉評論家の太田与一さんです！」

「どうも、太田です」

数週間後、太田は植野が引き受けてきた生放送のラジオ番組に出演していた。「今夜も浸からナイト！」という名前の通り、風呂好きが聞くための番組のようだった。ＤＪフロウはアフロ頭が特徴的な、テンションも声も高い青年だった。

「今日は聞きたいことが盛り沢山です。まず、源泉掛け流し至上主義者を貫いてきた先生の次回作が、銭湯をテーマにしていると聞いて驚きました」

「私は正直、現代に居残っている銭湯の価値というものを認めておりません」

太田は、自分が銭湯に抱いている疑問を正直に話し始めた。

「未来のないものがなぜ残っているのか？　その謎を私流の視点で解き明かそうと思いましてね」

太田にとって、源泉掛け流しの温泉と正反対にあるのが銭湯だった。水を沸かしただけのお湯に大勢で浸かって、いったい何が楽しいというのだろう？　柔らかなお湯に身を任せ、心がほどけていくような快感が得られる温泉の真逆ではないか。先日も、たまたま通りかかった「まるきん温泉」という看板を掲げた風呂屋に入ったら、ただの井戸水を沸かすだけの銭湯だったため、つい怒鳴ってしまったばかりだった。

しかし、と太田は心の中でつぶやく。愛する源泉掛け流しの温泉でも、心を完璧に満たしてくれるような理想の温泉にはいまだ出会えずにいた。もう何年も、本物の、上質な湯にしか入浴していないにもかかわらず。いつか最高の湯に出会えるのだろうか？　自分を満足させてくれる湯は本当にこの世にあるのだろうか？　植野が提案してきた銭湯の企画は、自分の源泉掛け流し至上主義をより強固にして、自信を得るためのきっかけでもあった。

ＤＪフロウは、テーブルに置いてあったハガキや紙の束をつかんで、にこっと笑った。

「参考になるかわかりませんが、リスナーからは銭湯に関する情報がたくさん届いていますよ」

そして、ハガキの束から一枚抜き出し、読み始めた。

「まずはこちら、バスネーム・ドラゴンさんからのお便り……

〈３年ぶりに実家に帰省するのですが、一番の楽しみが銭湯です。番台のオヤジさんは決して愛想がいいとは言えませんが、井戸水を薪で沸かしているのでお湯は最高です。そこに集うお客さんたちもいい人たちばかりで、その銭湯に行くと心まであったまります。太田先生も、ぜひ一度、入りに行ってみてください〉」

フロウはその銭湯の名前と住所を読み上げた。それは偶然にも、温泉の看板にひかれ太田がたまたま足を運んだ「まるきん温泉」という銭湯だった。温泉を名乗る不埒な態度に腹が立ち、結局、湯には浸からずに帰ってきてしまった。

「太田さん、この銭湯、いかがですか?」

太田は首を横に振った。なぜ、人はこんなにも銭湯に惹かれるのか、本当にわからなかった。

兄弟の軋轢

父の部屋で寝泊まりをし、銭湯を手伝いながら、史朗はまるきんの敷地に建設する予定のマンションの設計図を書き進めていった。

東京で生きていた時とは真逆の穏やかで何の縛りもない日々がただただ過ぎていった。

悟朗と住み込みのアルバイトであるいづみは、実質2人暮らしだったわけだが、そこにあまり明確なルールを設けていないようで、几帳面な悟朗が率先して掃除をし、ゴミ捨てなどはいづみが担当していた。父との2人暮らしが長かった悟朗は、家事全般を几帳面にこなしていた。食事に関しては、朝食と夕食は各々適当に。仕事の途中で食べる昼食は一緒に摂るようにし、交代で簡単なものを作ったり、寿々屋に食べに行ったりしていたようだった。史朗はその2人の中で出来上がりつつあった生活のリズムに、徐々に加わっていった。

兄弟のあいだにこれといって会話はなかった。悟朗は兄のことを完全に許したわけでもないが、帰郷したての時のように、邪険に扱うわけでもなかった。ただ、いづみの存在がクッションのようになり、気がつくと会話をしている、ということもあった。いづみもまた、そんな立場を引き受け、面白がっている節もあった。快活ないづみの存在は、閉じた兄弟関係の中で、唯一の灯りのようだった。考えてみれば、同じ屋根の下で悟朗と生活を共にするのは、史朗が大学進学を機に家を出て以来のことだった。

銭湯の仕事は、時々、面白さを感じないこともなかった。特に史朗が馴染んだのは番台の仕事だった。番台に座ると、なんとなく母のことを思い出した。常連たちの顔も、なんとなく覚え始めた。

番台に座り始めて気づいたことは、帰る時に暗い顔をしている人をほとんど見かけないことだった。入浴料を払う時、なんとなく覇気がない人や、疲れた顔をしている人も、出る時にはどこかさっぱりとした顔をしていた。お湯に浸かって疲れが増す人はいないのだろう。そんな商売、他にあまりないのではないか、と史朗はふと考えた。たとえば、自分がやってきた仕事はどうだろうか。自分の仕事……。

それでも史朗は深夜や早朝に、部屋にこもってマンションの設計図を書き続けた。

夜中に時々、自分はなんだか死神のようだとも思うことがあった。それらしい言葉を並べて家に入り込み、騙しながら、この場所を破壊し、奪うための計画を進めている……。そんな想像が思い浮かんだ時は、まるきん温泉の一日の売上額や建物全体の劣化具合などを頭の中に並べ、こうするのが結局みんなのためになるのだと自分に言い聞かせ、設計図に向き合い続けた。皮肉なことに、東京でフリーで働いていた時よりも、一度書き始めると筆の進みは早く、アイデアも湧いてきた。

マンションの1階には、コインシャワーのスペースを作ることにした。苦し紛れだとは重々わかっているが、まるきん温泉へのせめてもの償いのつもりだった。

図面が完成したのは、帰ってきてから2週間が経とうとする頃の、夜明けだった。季節はもうすぐ春、太陽が昇る時間が日を追って少しずつ早くなっていた。机の上の出来立ての図面に、朝の光が射し込んでいた。ここ数年の自分の仕事の中でも、かなり上位の出来栄えだと史朗は思った。

本当は、図面が完成して本格的に話が進む前に、悟朗に話を切り出すはずだった。しかし史朗は生活を共にしているうちに、そのタイミングを完全に失ってしまっていた。

その日の午後一番にアポを取り、史朗は財前不動産に向かった。悟朗といづみには何も言わずに家を出た。社長の荒井と専務の鎌田に設計図を見せると、2人は感嘆の声をあげた。それが単なるごますりではないと、興奮ぶりからわかった。

「さすが、都会の発想ですね。やっぱり東京で腕をふるっていた方は違う」

「社長、1階にコインシャワーがあると、地元への言い訳にもなりますね」

建築家として、本来なら喜ばしい瞬間のはずだが、史朗の顔は浮かない。

荒井が身を乗り出して言った。

「このプランでいきましょう！　では、土地の売買手続きを」

「あの、まだかなりラフですから」

「契約さえしておけば、設計はあとからいくらでも……」

「でも一応、弟にも話さないと」

専務の鎌田が、ふっと口元を歪めた。笑ったのだ。

「弟さん？……ああ、風呂屋のね」

荒井と鎌田は、すばやく目配せをした。

「こういう契約は難しいんじゃないかなぁ」

「それに、先生、長男でしょ？」

荒井は史朗の顔を覗き込むように、にやりと笑った。お前も俺たちと同じ側の人間だろう。何を躊躇しているんだ。そう言われているような気がした。

史朗は立ち上がり、テーブルの上に広げていた設計図を回収した。

「今日のところは、一旦、持ち帰ります」

やたら重いドアを押し開け、不動産屋を出る。史朗は早足に実家へ向かった。帰ったら悟朗にマンションの計画のことをすぐに告げよう。そして銭湯はもう時代遅れなのだと、これはお前の未来のための決断になるのだと言おう。


男湯の戸を開けて中に入ると、いづみが番台に座り、手元で何やら作業をしていた。

「何してたんですか？　遅刻ですよ！」

「ごめん。悟朗は裏？」

「たぶん。番台、座ります？」

「いや、その前にちょっと……」

史朗は浴場に向かい、奥の扉からボイラー室へ出た。

ボイラーの前で、悟朗はため息をついていた。火の調整がうまくいかないのだろうか。史朗は鞄を地面に置き、設計図が入った封筒を取り出した。悟朗は、史朗にちらりと目をやるが、何も言わずに、足元に並べた廃材を選別していた。

「昔よく、親父の手伝いやらされたなぁ」

史朗の口から出たのは、そんな言葉だった。悟朗は火と向き合ったまま、何も言わない。

「そろそろ、ちゃんと話そうぜ。どうする、ここ？」

「どうするって？」

悟朗はボイラーの焚き口を見つめたまま、ゆっくりと言った。

「しばらくやってみてわかった。この商売、やっぱり無理だよ」

パチパチと、火の燃える音が小さく響く。

「客は減る一方で、相続税も高過ぎる。最良の道、見つけたんだよ」

「今さら、余計なことするなよ」

さえぎるように悟朗が言った。冷たく平淡だが、怒りが見え隠れする声だった。

「妙なところが親父に似てるよな。他人から言われるとすぐ意固地になって、聞く耳を持たない」

史朗も負けじと続ける。

「…………」

「お袋が死んだ時もそう。仕事優先で病院にも来ない」

「……自分だって親父の葬式、来なかったくせに」

痛いところをつかれたと思ったが、史朗はそれを隠すように強い言葉を重ねた。

「一緒にするな！　仕事の規模が違うんだよ。こんな場所で汗かいて、ちまちま働いて」

史朗が何か言えば言うほど、目の前にいる弟との距離はどんどん開いていくようだった。

悟朗はボイラーに向き合い、兄のことは一瞥もしない。悟朗の妙な落ち着きと静けさを補うように、火が爆ぜる景気のいい音が響いていた。自分が言葉を重ねるほど、銭湯について言及するほど、悟朗が自分への嫌悪感と怒りを増幅させている。でも、今さらやめられない。

「この土地を売ってマンションを建てさせる。その一室にお前が住めばいい」

悟朗は廃材をまた一つ火に放り込んだ。火が一層激しく燃える。

「1階はコインシャワー！　今のお客も困らないだろ」

それだけ言うと、史朗は、マンションの設計図が入った封筒を弟に渡した。悟朗は嫌味なほどゆっくりとした動作で封筒を開け、中身を取り出した。設計図と、イメージスケッチ。

設計図を見た悟朗が笑った。笑う？　史朗は弟の顔をまじまじと見つめるが、やはり笑っている。そして史朗の目を見て、

「いい話かもね」と言った。

少し違和感を覚えながらも、史朗は「だろ！」と返した。さらにアイデアを話そうとした瞬間、悟朗の顔から笑顔が消えた。そこには、蔑むような表情しか残されていない。

「一瞬だけチヤホヤされたけど、今は売れなくなった建築家にとってはね」

次の瞬間、悟朗は設計図を激しく燃える火の中に放り投げた。数枚の紙は火に飲み込まれ、あっという間に燃え尽きた。あんまりだ、と史朗は思った。一瞬で頭から血の気が引く。が、

すぐにまた逆上した。

「この野郎！」

史朗は悟朗に殴りかかった。ボイラー室の廃材が散乱し、窯の火もますます激しく激しく燃え盛る。

夢中で悟朗を殴る。殴り返されもしたが、興奮しているせいか、痛みはあまり感じなかった。

ここに帰ってきてから、悟朗の自分を見る時の目つきが、ずっと嫌だった。同時に怖くもあった。今の自分が駄目だということ、未来がないのは自分の方だということ。父親との関係が、最後までうまくいかなかったこと。そのすべてを悟朗に見透かされ、そして蔑まれている気がした。

つかみ合い、転がり、体を押し合い、倒し合いをしているうちに、いつの間にかボイラー室から浴場へと移動していた。

いづみがきれいに積み上げたであろう桶の一つを、悟朗がこちらに向かって投げた。史朗もすぐに応戦する。投げるものがなくなると、兄弟はまたつかみ合いの喧嘩を始めた。

誰かが、何かを叫んでいる気がした。それが何なのか考えを巡らす余裕はなかった。と、突然、体に熱いものがかかる。

「⁉」

お湯をかけられたのだと気づくのに、しばらく時間がかかった。

濡れて顔に張り付く髪の毛のあいだから、いづみの怒った顔が見えた。

人生の転機

　銭湯を開けるまでまだ少し時間があったため、いづみは番台に座り、ひざ掛けの続きを編んでいた。編み物をする時間は、いづみにとって、もっとも心が安らぐことの一つだった。

　時計を気にしながらも黙々と編んでいると、突然、浴場の方から大きな音がした。

「なに？」

　手を止める。そういえば、史朗さんが悟朗さんに何か、話があるようだったけど……。いづみは番台から降り、小走りで浴場へ向かった。男湯の磨りガラス戸を開けた途端、目に飛び込んできたのは、殴り合いをする悟朗と史朗の姿だった。嘘でしょ？　といづみは愕然とした。

「ちょっと！　悟朗さん！　史朗さん！」

　片方が相手を捕まえ、顔やら体やら叩くと、もう片方が掴まれた腕を振り払う、逃げ出す。体が自由になった瞬間、桶やらシャンプーボトルなどを相手に思い切り投げつける。投げられた方はまた相手を追いかけ、捕まえ、また殴る……２人はそんなことを繰り返していた。

「ねえ！」

いづみは兄弟のそばで大きな声を上げるが、興奮しているようで、まったく耳に届いていないようだ。

「やめてくださいよ！」

しかし、2人とも喧嘩慣れはしていないようで、顔や手足を引っ掻いたり、髪の毛を引っ張ったりする程度だった。ダメージが少ない分、消耗もさほどしないのか、延々とそんな小競り合いが続いている。

あまりに幼い兄弟喧嘩の、しかし妙な迫力がある様子に腰が引け立ち尽くすばかりだったが、だんだんと、自分が丁寧に掃除をして整えた場をめちゃくちゃにされてることに腹が立ってきた。壊れている桶もある！　これじゃ、本当に子どもの喧嘩じゃないの。

いづみは散乱する桶を一つ手に取った。自分もこれを投げて参戦しようかと一瞬頭をよぎるが、大事な商売道具を使うのは論外だ。桶は銭湯に欠かせない大切なものだ。お湯をすくい、体を清めるための……。

「あ、そうか」

言葉が届かないならば、実力行使だ。いづみは桶に熱湯を注ぎ入れた。

史朗たちは、今は男湯の浴槽のそばで摑み合いをしていた。いづみはその前に仁王立ちをしてみるが、2人はまるで気づいていない。そして喧嘩を仲裁するのが半分、自分の怒りをぶつけるのが半分で、いづみは思いっきり桶の中身——熱湯を兄弟に降り注いだ。湯をたっぷり入れた桶が一瞬で軽くなる。湯が飛び散る瞬間は美しく、写真にでも収めたいほどだった。

熱さに驚いた2人は、悲鳴を上げながら飛び跳ねる。と、そのはずみで、一緒に仲良く浴槽へザバン！　と落ちてしまった。大きな飛沫が上がる。滑稽な様子に、いづみはつい笑いそうになるが、表情を引き締め、息を深く吸って、浴槽に向かって大声を上げた。

「何してるんですか！」

「何するんだよ！」

いづみは史朗と怒鳴りあった。悟朗は荒い息を吐きながら、呆然と空を見つめている。いづみは、悟朗にも一言言おうと口を開くが、その瞬間、悟朗の表情が鋭くなりボイラー室に続く扉の方を見た。そして飛沫を上げながら立ち上がり、ボイラー室へ走った。

悟朗が扉を開けると、灰色の煙が浴場に流れ込んできた。いづみと史朗も駆け寄ると、廃材が燃えている。ボイラーの焚き口から散乱した廃材へ、火が燃え移ったようだ。いづみは

「どうしたんですか？」

悲鳴を上げた。悟朗が転がっていた布切れをつかんで、史朗に投げた。「兄貴、これ水で濡らして！」そして自分はボイラー室へ進む。史朗は急いで浴槽に布を浸してから悟朗の後を

追った。

いづみは足がすくんで、動けずにいた。

「そうだ、消火器！　番台の脇の納戸にある！」と叫ぶ悟朗の声を聞いて、やっとハッとし、足が動いた。番台まで走り、納戸を開けるが、ものが詰め込まれすぎていてどこに何が入っているのかわからない。半ばパニックになりながら、いづみは必死に消火器を探した。いつの間にか史朗も隣にいて、一緒に詰め込まれたものを引っ張り出そうとする。

「あった！」

埃をかぶった消火器は、一番奥の方に詰め込まれていた。史朗がそれを摑み、すごい速さでボイラー室へ戻る。いづみもすぐに後を追った。

ボイラー室へ戻ると、目に入ってきたのは、倒れている悟朗の姿だった。いづみは悟朗に駆け寄ろうとするが、史朗はいづみを制して、炎に向けて消火器を噴射した。ボイラー室は真っ白な煙に包まれた。火は先ほどまでの勢いが嘘のように、あっという間に消えた。

「悟朗さん！」

いづみと史朗は、倒れたままの悟朗に駆け寄った。青い羽織は火の粉を被り、ところどころ穴が空いているが、悟朗は見た感じ大きなやけどはしていない。目をつぶったまま、微かなうめき声をあげていた。

「悟朗さん！」

いづみの声は叫びすぎてほとんど枯れていた。

「あにき」

と、悟朗の口が動いたような気がした。


病院の処置室で悟朗が治療を受けているあいだ、いづみと史朗は、一緒に待合室のソファーで待っていた。いづみは手が震えていた。もっと大きい火事になったり、悟朗がもっとひどい怪我を負う可能性もあったのだ。史朗も血の気をなくした顔で、じっと黙っていた。

何時間経った時かわからないが、看護師から「三浦さん」と声をかけられた。処置室へ行くと、ベッドで眠る悟朗の姿があった。頬にガーゼが当てられているがそれ以外は普通に眠っているように見える。悟朗の寝顔をはじめて見たな、と、いづみは思った。

「幸い大きなやけどもありませんし、数日で退院できますよ」

「良かった」

大きな安堵の塊が、いづみの胸に押し寄せてきた。史朗が医師と看護師に「ありがとうございます」と頭を下げた。

「保険証はお持ちですか？」と、看護師が史朗に聞く。

「たぶん、家に戻れば……」

「では明日、お持ちください」

「はい」

部屋を出る前、史朗が泣きそうな顔で弟の顔を見つめたのを、いづみは見逃さなかった。


2人がまるきん温泉に戻った頃、夜はかなり深くなっていた。

ボイラー室の散らかりようはひどかった。消火剤があたり一面に飛び散っていて、木材やら何やらが焦げた嫌な匂いが漂っている。史朗と悟朗が暴れまわった名残で、棚にあった小物や木材も散乱していた。浴場も、桶やボトルが散らばるひどい状態だった。

いづみと史朗はため息をついた。顔を見合わせる。

「どうします?」

「……明日やるよ。今日はもう疲れた」

史朗は浴槽の縁に腰掛けた。いづみも反対側に座った。浴槽に手を入れてみると、湯だったそれはすっかり冷たくなっていた。

「……仕事、うまくいってないんですよね?」

「何、それ?」

「心配してました」

「誰が？」

「……悟朗さん」

「いい加減なこと言うなよ！」

「言葉にはしないけど……見ていたら分かります」

史朗がちらっといづみの顔を見た。

「あいつのこと、好きなの？」

「そんなんじゃありません」

見当違いなことを言ってくる史朗に、いづみはため息をついた。

史朗は、心の底からわからない、という顔でいづみに問いかける。

「じゃあ、なんで銭湯なの？　いづみちゃんなら、もっといい仕事あるでしょ？」

「私、洋服の仕事してたんです」

いづみは話し始めた。

「春夏のコレクションが終わったら、今度はすぐに秋冬の準備。いつも流行ばかり追いかけていました。実力もないのに、デザインを語ったりしているうち、なんか、自分が虚しくなってきて、身体もおかしくなって」

いづみは、史朗のことだから「努力が足りなかったんじゃないの？」などと言われるのではないかと身構えたが、意外なことに、史朗は「わかる！」と同意してきた。

「嘘だ、売れてる建築家には分からない！」と思わず返すと、「売れてないよ」と、史朗が言った。

「え？　でもたくさん賞とかとっていたんでしょう？」

史朗は首を振った。そして投げやりになっているような、妙に明るい声で話し始めた。

「それは事務所にいたころ。独立した途端、仕事は激減。結局、自分の実力じゃなくて、師匠のおかげだった」

いづみは何も言えなくなった。

人にこんな話をするのは、ほとんど初めてだった。いづみは小さい頃から絵を描くことやものづくりが好きで、中でも洋服が好きだった。着せ替え人形も時々買ってもらうだけでは追いつかず、自分で紙に絵を描き、それを人形の体に巻きつけて遊んでいた。紙はやがてお小遣いで買うフェルトや布になり、いづみは図書館で借りてきた裁縫の本を見ながら、どんどん洋服を作った。祖母の家に遊びに行った時は、手伝いや山で遊ぶ以外は、祖母がその時必要としたものを作った。エプロンや鍋つかみ、メガネ入れ、何を作っても祖母は感心して、喜んでくれた。

高校を卒業した後は、迷わず洋服のデザインや縫製を学べる学校に進んだ。いづみにはたくさんのアイデアがあった。頭に浮かんだことを、布や紙に乗せて、ただ作ればよかった。性格も明るく、物怖じをしなかったので、友人にも恵まれ、いつも楽しく過ごせた。好きなことがあってよかった、といづみはいつも思っていた。好きなことが得意なことと一致していたおかげで、人生はどんどんプラスの方向に進んでいくといづみは感じていた。好きという気持ちがエンジンになり、どこまでも進んでいけると思った。

就職活動ではさすがにうまくいかないこともあったが、最終的には何とか、希望の職種につける会社から内定をもらえた。新規の日本のファッションブランドを手がける会社で、いづみはそこで若い女性向けのファッションジャンルの、デザイナーの卵として採用された。ここでノウハウを学んで、いずれは独立したり、同級生たちとブランドを立ち上げたりしてみたい。そう思っていた。

しかし、就職してからどんどん、うまくいかなくなった。覚悟していたつもりだったが、ファッション業界はいづみの想像を超えて目まぐるしく、荒々しかった。学生時代はあると思っていた才能が、いざ戦場に出てみると月並みで誰でも持っている武器だと早々に気づくことになった。

嫌な上司や同僚がいたり、就業規則に偽りがあったわけではない。何を描いても、上司は満足な顔をしなかった。アドバイスをもらい、それを活かしたデザインを描いたつもりでも、褒められも採用されもしなかった。いづみはだんだん、わからなくなった。ファッションやデザインに正解はない、と言うが、採用されたり売れたりするのは、やはり正解のデザインだ。先輩や同僚が作るものがなぜ正解で、自分はなぜ不正解なのか、その違いがわからないし、追いつけそうにない。

学校の同期たちと会った時は、何もかも順調に行っているように振る舞った。楽しそうに喋る同期たちは、みんな順調そうだった。それに学生時代に輝いていた自分のイメージをそのままにしておきたかった。「でも、日本はちょっと遅れているかもね」などと、社内のレベルにも追いつけていないのに、口に出す自分のことがどんどん嫌いになった。

いづみは毎日のように残業をし、アイデアを練り、ファッションの勉強をした。しかし、そのうちにどんどん虚しくなっていった。身や時間を削っても、作るのは数年後には誰も覚えていないようなトレンドで、しかも自分はそれすらうまく作れない。そのうち、朝起きることが苦痛になり、起き上がっても布団の上から動けなくなった。ファッションのことを嫌いになりそうな自分が怖かった。洋服が好き。小さい頃から自分を動かしてきたエンジンを手放したら、私はもう進めない。進めない私に価値はない。いづみは会社に行けなくなった。辞表を出し、実家に戻った。頑張っている同期には、何も喋れないし頼れなかった。

「どうして銭湯なの？」

「仕事辞めて、田舎のおばあちゃんちに行った時、お風呂に入ったら……なんか、救われたんです」

いづみはまた、浴槽の中に手を浸した。

仕事を辞めたいづみに、祖母が暮らす山に行くことを勧めたのは、母だった。

億劫だった。祖母に会いたくないわけではないが、会社と家を往復するだけ、そして療養で体力がすっかりなくなっていたいづみは、以前のように山に登り、生活ができるか自信がなかった。そして、いつもしゃんとした祖母に今の何も持っていない自分を見せる勇気がなかった。

「あなたはあそこで生まれたんだから、とりあえず行ってみなさいよ。おばあちゃんには私から話しておいてあげるから」と、母は言った。

祖母のもとを訪ねるのは、大人になってから初めてだった。幼い頃の自分に対峙するのと全く変わらない態度で出迎えてくれた。

いづみは、祖母のことを思い出しながら史朗の問いに答えた。

「うまく言えないけど、人は裸になったらみんな一緒で、流行とか、肩書きとか、そんなに大したことじゃなくて。もっと気楽に、好きなことを自由にやればいい。そう思ったら、涙が溢れてきて。それにお風呂って、すっごく気持ちいいじゃないですか。特に銭湯は、広くて気持ちいいし、人の優しさにも触れられるし。たった数百円でぜんぶリセットできる」

「他にもいるのかな？　君みたいに救われた人？」

「きっといます。銭湯を守りたいと思ってる人も」

史朗は何も言わなかった。

気持ちが高ぶって眠れないかもしれないと思ったが、布団に入ると案外、すぐにまどろみがやってきた。いづみはその眠りの渦に落ちていきそうになりながら、そういえば、史朗と悟朗はなぜあんなに激しく喧嘩をしていたのだろうとはたと考えた。さっき浴場で話し込んだ時も、史朗は何も言っていなかった。なんでだろう……。

悟朗が退院したら聞いてみよう。そう思いながら、いづみは眠りに落ちた。

家族の記憶

床についたのは深夜を過ぎていたが、史朗は次の日、朝早い時間に目が覚めた。嫌な夢を見た気がするが、覚えていなかった。二度寝もできずしばらくは布団の中でぼうっとしていたが、病室で、看護師から言われたことを思い出した。史朗は起き上がり、保険証を探しに弟の部屋に入った。

悟朗らしい、そっけないと感じるほど整理整頓された部屋だった。机と本棚、タンスと畳まれた布団。

今でも使っているのであろう、古い学習机。なんとなく当たりをつけて、史朗は机の引き出しの一番上の段を開けた。悟朗の心の内を覗いているような後ろめたさがあったので、あまりじっくり見ないように努めた。保険証は、一番上の引き出しに入っていた。

すぐ見つかったことにほっとして腰を上げた時、机の脇に隠れるように立てかけられている一冊のアルバムが目についた。なんとなく見覚えがある。几帳面な悟朗が棚に置いていないのも気になった。史朗はなんとなくそのアルバムをケースから引っ張り出し、開いた。薄く埃が舞う。最初のページには、自分たち兄弟の幼い頃の写真が貼ってあった。もちろん見覚えがある。父か母が整理して貼ったものだろう。ページをめくるごとに、自分も悟朗も成長していく。

その背景はほとんどがボイラー室や番台、浴場、たまに近所の公園だった。銭湯の仕事が忙しく、どこかに出かけることはほとんどなかった。

しかしそんな写真があるのも、史朗が中学生の頃までだ。学生服を着ている自分と、まだ小学生の悟朗が並んだ写真を最後に、ページは空白になった。次も、その次のページも。しかし史朗はなんとなくページを手繰り続けると、突然、大人になった自分の写真が飛び込んできた。

一瞬、何かよく分からなかったが、よく見るとそれは今より何歳か若い、建築家としてインタビューを受けた自分の記事だった。丁寧に切り抜かれ、雑誌名と日付も書かれている。悟朗の字か、それとも父の字だろうか。史朗自身が忘れていたような小さなものまで揃っていた。

史朗はアルバムをまた頭からめくり、そして記事を一つひとつ読んだ。今目にすると照れくさいものもある。それでも読んだ。そして切り抜きを丁寧にたたんで挟み、アルバムをそっと元の場所に戻した。

いづみは疲れが出たのか、普段起きている時間になっても姿を見せなかった。自分たち兄弟が暴れた惨状を、いづみに片付けさせるわけにはいかない。史朗は後始末をするために、ボイラー室に向かった。戸に手を掛けるが、何やら音がしてくる。もしかすると、悟朗が帰ってきたのか？　史朗は前のめりで扉を開けた。目を見張った。散らばっていた木片や燃えカスがほとんど片付けられていた。こもっていた嫌な匂いもない。

そこにいたのは、風呂仙人といづみが呼ぶあの老人だった。こちらに背を向けて黙々と廃材を積み直している。ボイラーの焚き口もきれいに掃除されていた。

「あの……」

こちらに背を向け、黙って手を動かし続ける老人に史朗は一瞬、かつての父の姿を重ねた。

「ありがとうございます」

「代打か？」

老人が低い声で言う。

「いや、しばらく休もうかと」

「自分の都合だけで商売するな」

はっきりとした声で返される。その言葉は史朗の胸にまっすぐ落ちてきたが、同時に、じゃあどうすればいいいんだ、と戸惑う気持ちも大きかった。俺は悟朗じゃない。風呂屋でもない。

「…………」

老人は史朗の返事を待たず、一箇所に積み上げていた黒く焦げたゴミをいつものリヤカーに積んだ。史朗もとりあえず手を動かすことにする。何もしていないと気詰まりだ。

ボイラーそのものに大きな被害はなさそうだったがその周辺は派手に燃えていた。中でも、脇にあった細々としたものを詰め込んでいた棚が完全に焼け落ち、その背後のコンクリートの壁がむき出しになっていた。壁の煤を落とそうと、史朗は適当なボロ布を手にした。近づいてみると、一見して違和感がある。何かが見える。思わず布ではなく、手でこすると、そこにはところどころかすれた文字で「風呂で人を幸せにする。二朗・満つ美・史朗」と書かれていた。

父の字だ。そして母親の名前、自分の名前。その横にあるのは小さな手形。……悟朗の手だ。まだ文字が書けないほど小さかった悟朗の手に、自分が墨を塗って手形を押すのを手伝ったのだ。30年以上前の記憶が急に頭の中へと入り込んでくるのを感じた。史朗が筆でこすると、くすぐったい感触にけらけらと笑った小さい悟朗。そんな悟朗を父が持ち上げて、ここに手形を押した。またくすぐったがる悟朗の小さな体を史朗がだっこして、母が濡れた布で手のひらを丁寧に拭いてあげた。あの時はめったに表情を変えない父でさえ笑顔を見せていた。

「風呂で人を幸せにする……」

思わず口に出していた。父がこんなことを思っていたなんて、知らなかった。

老人が、壁の前に立ち尽くす史朗の後ろにいつの間にか立っていた。

「風呂の焚き方、教えてやるよ」と、その背中に向けて老人が言った。


こんなに集中したのは久しぶりだった。史朗は老人と一緒に、ボイラーの焚き口を覗き込んでいた。

風呂仙人は「焚き方を教える」と言ったが、「温度は43度」と告げた後は、黙々と火へ廃材を放り込むだけだった。

「43度？　熱過ぎませんか？」と史朗が言っても「親父の代からそれだけは変わらん」と素っ気ない答えが返ってくるだけだ。この人は父のことも知っているのかと、史朗は密かに驚いた。その人と自分は今、肩を並べて風呂のための火を焚いている。

「燃える火をじっくり見るの、久しぶりです。記憶の中にある親父って、いつも横顔なんですよね。そうやって、いつも火を見つめていて、子どもの目も見ない」

老人は何も言わない。感傷に浸る若い史朗に興味はないと言わんばかりに、ただ火を見つめ続けていた。少しくらい、風呂以外のことを話してくれてもいいのに、と史朗は少し不満に思う。この老人はなぜ、ここまで風呂にこだわるのだろうか。

「風呂って、自分にとってどんな存在ですか？」

老人は火の中に、廃材を一つ放り込んだ。火はそれを喜ぶように、パチパチと勢いを増して燃える。

「……太陽だ」

「太陽？」

「どんなに空が曇っていても、その上には必ず太陽がある。そんなもんだ、湯ってのは」

もっとはっきりとした答えが返ってくると思っていたため、思いの外抽象的な返答に少し拍子抜けした。

「わかったような、わからないような……」

老人は手にしていた廃材を史朗に渡し、「あとは自分でやれ！」と、立ち上がった。

「そんな、無茶ですよ」

慌てる史朗に見向きもせず、老人はさっさとボイラー室から出て行ってしまった。

昼過ぎに起き出してきたいづみは、火を焚く史朗の姿を見て驚き、そして喜んだ。

「よかった、しばらくお休みにしなきゃって思っていたんです！　ていうか史朗さん、火、焚けるんですか？」

「違う違う。さっきあの風呂仙人っていう人が来て、教えるって言われて」

「風呂仙人が？」

いづみは「意外ですね」と驚いていたが、どこか嬉しそうだ。

「なんで嬉しそうなの？」

「史朗さん、本当に銭湯手伝ってくれる気なんですね」

史朗はこんな状況になっているそもそもの原因、自分が昨日、悟朗に打ち明けた計画のことを思い出した。いづみはまだ何も知らないのだ。

「まあ、悟朗が帰ってくるまで、とりあえず」

そう言ってひとまずごまかした。

まるきんの営業が始まってからも、史朗は一人、ボイラー室で火と格闘していた。

火は生き物のようだった。一定の量の廃材を入れても、勢いが増す時とさして変化がない時がある。イライラもしたが、どう思うがままに操れるか、勝負をしているような楽しさもあった。図面を描く時の楽しさと、どこか似ているかもしれない。うまくいかない、でもそのうまくいかないこともどこか楽しい。しかし、ここはとにかく暑い。史朗は何度も、顔の汗を首にかけたタオルで拭った。何分かおきにペットボトルの水を口に含む。悟朗は毎日この作業をしているのか。そして父も、人生を終えるまで毎日のように。

リズムをつかんだ史朗はどんどん廃材を燃やしていった。ビギナーズラックかもしれないが、でも悟朗が戻ってくるまでの間、とりあえず乗り切ればいいのだ。

ふと、浴場の方から、何か叫び声のようなものが聞こえた。それも何人も。トラブルか？と、落ち着かない気持ちになる。

史朗はふと、老人の言葉を思い出した。「温度は43度」もしかすると……。恐る恐る温度計を見ると、嫌な予感は当たっていた。針は48度を越していた。

「やばい！」

その夜、史朗といづみは「寿々屋」のテーブルに向かい合って座り、ビールグラスをぶつけ合った。

「お疲れ！」

２人は一気に、冷たいビールを喉に流し込んだ。

「何とか乗り切りましたね」と、いづみ。

「湯加減、お客さんの反応、どうだった?」

「熱すぎて、クレーム続出!」

史朗は一瞬どきりとするが、いづみが笑っているので安心する。

「一生懸命、燃やしたんだけどなぁ」

「だから燃やし過ぎですって。外国人のお客さんと、その義理のお父さんが入りにきていたんですけど、絶叫してましたよ」

そして、「はい、これ」と、おもむろに、史朗に分厚いものを差し出した。受け取ると、柔らかくてあたたかい。

「なに、これ?」広げると、膝掛けのようだ。

「明日からは番台に座ってください。風呂焚きのセンス、なさすぎるから」

「ひどいな……」と、史朗は笑った。いづみと打ち解けられたことが、素直に嬉しかった。からかわれただけかと思っていたが、本当に作ってくれたのか。手作りのものをもらったことに、史朗はどきりとしていたが、いづみは特に意識していないようで、ごくごくとおいしそうにビールを飲み続けていた。

注文した料理を運びにきた瑛子が、史朗のグラスにビールを注ぎ切った。

「もう一本、いく?」

史朗が「はい！　オヤジさんも是非、一杯！」と厨房に向かって叫ぶと、瑛子は「それはダメ！」と笑いながら言った。

瑛子が厨房の大作に、「ビール1本、追加！」と叫ぶと、大作が中華おたまで鍋を一回叩き、その音が店内に鳴り響いた。

「今の何?」と史朗が聞くと、

「夫婦の秘密の暗号」と、いづみが言う。

「そんな大したもんじゃないわよ」

瑛子がバタバタと布巾を持った手を振りながら、あっけらかんと言う。

「1回はうん、3回ならダメっていう意味なの」

「うちの常連さんたち、みんな真似してます」

「どういうこと?」

「夫婦やカップルが、お風呂から上がるタイミングを伝え合うんです。先に上がる方が、桶を2回鳴らして、『そっちはどう?』って尋ねる」

「こっちも上がるわ！　という時は1回、まだダメ、の時は3回」

そんな習慣ができていたのか、と史朗は驚いた。ふと、大作と風呂で一緒になった時に、桶を叩いていたのを思い出す。改めて、自分が銭湯のことを何も知らないでいることに気づいた。

「そうか、時々桶の音がするのは、そういうことか」

「まるきん名物、響桶です」と、いづみ。

いづみと瑛子の３人で常連客の噂話などをしていると、史朗の携帯電話が鳴った。酔いも回り、久し振りに楽しい気分になっていた史朗は無視しようとするが、発信者を見てハッとした。事務所のアシスタントだった細井だ。史朗はいづみと瑛子を残して、慌てて店の外に出た。

「もしもし」

「細井です」

つい昨日も電話したばかり、というようなあっさりした態度で細井は名乗った。

「なに？」

「長谷川建設から連絡があって」

「もういいよ。君、辞めたんだし」

「あのビルのコンペ、やり直しになったそうです」

「え？」

「向こうの担当者が、明日にでも打ち合わせしたい、って」

突然のことに、どう判断すればいいかわからない。数週間前の自分なら、間違いなく飛びついていた。だけど……。

「チャンスですよ。今、どこですか?」史朗は携帯電話を耳に当てたまま、夜空を見上げた。

めずらしく、テンションの高い様子の細井の声が、距離だけの問題ではなくずっと遠くに感じられた。

「先生! 聞こえていますか」

「ああ……」

史朗は道端で、少し先の方に建つまるきん温泉に目をやった。入り口の灯りはもうすでに消えている。

銭湯の帰り道

竜太は代理人に、母には出所の日を伝えないようにお願いしていた。めずらしいことでもなかったのか、あっさりと承諾された。竜太は母とどう向き合えばいいのかわからずにいた。気のいい母のことだ、お願いすれば快く迎えに来てくれるだろう。でも……。

出所の日、竜太は刑務官に深く礼をして、およそ3年間を過ごした建物をあとにした。よく晴れた日だった。季節は着実に春へと向かっている。軽めの上着を身にまとった人々は、竜太の目からすると、全員浮かれて見えた。竜太は喉が渇いていた。作業所で得た賃金があるので、コンビニでもスーパーでも自販機でも、好きな飲み物が買える。しかし、竜太はまるきん温泉を目指して、駅までの道をただただ歩き続けた。

電車とバスを乗り継いで、竜太はやっと、まるきん温泉に着いた。青いのれん。煙突の煙。到着してから竜太は、自分があちらにいるあいだに、銭湯がなくなっている可能性もあったのだと気がついた。竜太は当たり前が続いていることの感動に身を打たれた。青いのれんを見ているうちに、それまで抑えていた気持ちが、もう爆発する寸前であることに気づく。早く、早く。竜太は急いでのれんをくぐった。

「いらっしゃいませ」

竜太は千円札を番台に置くと、一目散に冷蔵庫へ向かった。3本のコーヒー牛乳が並んでいる。手前の瓶を摑み、蓋を開けようとするが、指が震えてうまくいかない。すぐに飲まないと、すべてが消えてしまう気がした。やっとのことで蓋を開けると急いで瓶に口をつけた。唇に当たる分厚いガラスの感触が懐かしかった。はじめのうちは何の味もしなかった。しかし、すぐに独特の苦味と甘ったるさが喉と鼻の奥で弾けて、ゆっくりと体中に染み込んでいった。コーヒー牛乳が自分の口に入り、喉を通り抜けていることがまだ信じられなかった。夢ではありませんようにと祈りながら、竜太は10秒もかからずコーヒー牛乳を飲みきった。体中の細胞が「おかえり」と喜んでいるイメージが浮かんだ。

「あの、お兄さん、お釣り……」

「もう1本ください」

竜太は新しい瓶を冷蔵庫から取り出した。番台に座る男性は、無言でうなずいた。あっけにとられているようだった。

少し落ち着いた竜太は、改めて脱衣所を見回した。何も変わらず、自分を受け入れてくれる場所があるのだという喜びをかみしめた。

竜太が番台の近くへ行くと、男性はお釣りの小銭を番台の縁にそっと置いた。はじめて見る顔だった。

「新人の方ですか？　今日、オヤジさんは？」

男性はハッとしたように竜太の顔を見てゆっくりした口調で、竜太に告げた。

「亡くなったんです。２ヶ月前に」

「……嘘でしょ？」

コーヒー牛乳の甘さが一気に体から抜けていった。


男湯は貸切り状態だった。夢にまで見た風呂だったが、竜太はぼうっとしながら体を洗っていた。同じところに何度も石けんの泡を滑らせたり、その手も止めて、鏡に映った自分の顔を見つめたりした。ため息を何度もついた。

それでも、久しぶりのまるきん温泉の気持ちよさは、格別だった。冷えて固まっていた体の芯が、ゆっくり溶け出していくようだった。思わず声が漏れた。竜太は自分が今、風呂に入っていることを確かめるように両方の手のひらでお湯をすくい、顔にパシャパシャとつける。聞いたばかりの訃報が沁みてくる。

もう、オヤジさんはいないんだな。

念願の湯に浸かれて喜ぶ気持ちと、会いたかった人を想い悲しむ気持ち。その2つが交互に心を揺らした。竜太は少しだけ泣いた。人のために涙を流すのは久しぶりだった。まるきんの湯は心地よく、竜太の体を温め続けた。

竜太は涙が流れる顔を湯で洗った。オヤジさんに見られている気がした。なに泣いているんだ、泣くほどのことじゃないだろ、とオヤジさんが言う姿を想像して気持ちを落ち着かせた。

涙を流す代わりに竜太は歌い始めた。歌が上手な母と一緒によく歌った曲だった。今の自分にも寄り添ってくれる歌詞とメロディ。浴場で声を出せばエコーがかかる。そんな当たり前のことも忘れかけていた。

良子は体と髪の毛を洗い、湯船に浸かった。一日の疲れがゆっくりとお湯の中へと溶け出すようだった。銭湯にいるあいだだけは、難しいことや嫌なことはなるべく考えずに、頭を空っぽにするように努めていた。ああ、今日は何を歌おうか。頭の中で候補の曲を並べ、メロディを確認していた時だった。

男湯の方から、歌が聞こえてきた。

上を向いて歩こう
涙がこぼれないように……

竜太の声だ。竜太がいる。壁を隔てた、向こう側に。

まだ小さかった竜太と手を繋ぎ、歌いながら歩いた銭湯の帰り道がまぶたに浮かんだ。足りないものも多かったけれど、毎日幸せを感じていたあの頃。あの頃の自分たちはもういない。3年前に、時間が戻ることもない。足りないものだらけだったけれど、それでも、竜太は帰ってきた。

良子は息子の歌声に、自分の声を重ねた。良子は今、自分がいるのが銭湯であることを忘れた。ただただ、息子のことを想い、歌い続けた。

いつの間にか浴場の戸が開いて、何人かが立っているようだった。皆、ただただ2人のハーモニーに耳をすませていた。いつもならば人前では緊張して歌えない良子だったが、もう何も気にならなかった。

歌の最後の節が終わり、浴場は一瞬、沈黙に包まれた。居合わせた全員が、大きな拍手をした。良子は湯船から立ち上がると脱衣所へ急いだ。

まるきん温泉からの帰り道、良子と竜太は言葉を交わさずただ並んで歩いた。それで十分だった。これからいくらでも、お互いの空白だった時間を埋められる。日が沈み、この時期にしては暖かい夜が始まろうとしていた。

まるきんを出る時、良子は好物だったコーヒー牛乳を買ってやろうとしたが、竜太は笑いながら「もう2本飲んだから」と言って断った。そして良子の分の荷物を持って、番台にいた史朗といづみに「また来ます」と頭を下げた。

今日の夜は何を作って食べようか。息子と一緒に歩きながら、そんな平凡なことを考えるのが今の良子は幸せだった。

訣別

いづみは念入りに、番台や脱衣所を掃除した。まるきん温泉は定休日だが、悟朗が退院して帰ってくる日なので、いつもよりきれいにして悟朗を迎え入れたかった。話すこともたくさんある。良子さんと息子さんのこと、史朗が風呂仙人の手を借りて風呂を焚いたこと……。

脱衣所のカゴを一つずつ力を入れて拭きながら、いづみは最近すっかり常連になった、横山という客との数日前の会話を思い返していた。温和で、物腰が柔らかい人で、湯道の道に進んで、勉強中だという。今月で退職するから、これからは湯道に専念できるんです、と嬉しそうに話していた。横山は銭湯や風呂に関連する仕事をしている人は皆等しく尊敬しているようで、いづみが番台に座っているのも素晴らしいと思う、と話してくれた。20代の娘さんが2人いるものの、まったく風呂には興味がないとのことだ。「いづみさんのように若い方が銭湯で働くというのは、風呂の文化において、すごく貴重だし、いいことだと思いますよ」とまで言ってくれた。いづみは銭湯で働くことで、珍しがられたり、若いのに立派だね、というぼんやりとした理由で褒められたりすることはあっても、「風呂の文化で貴重」と、具体的に言われたことはなかったので、なんだかありがたいなあと思った。いづみの世代ではあまり名前を聞かなくなった「湯道」という文化に精進している横山の方が、よほど立派ではないかと思った。

「そう言えば横山さん、湯道の師範なんですよね？」

「いえいえ、師範を目指して勉強中の身です」

いづみは湯道の文化についてほとんど何も知らなかったので、横山との会話は興味深く、楽しかった。

「今、一番浸かってみたいお風呂はどこですか？」

「行ってみたい温泉はたくさんあるけど……早く浸かりたい！　という意味では、やっぱり自宅の風呂でしょうか。今、改装中の」

「もしかして、檜風呂ですか？」

「……それは諦めました」

横山は笑顔だったが、どこか寂し気だった。そして、切り替えるようにこう続けた。

「そうだ、もう一つ！　湯道の家元が人生一と太鼓判を押した風呂があるんです」

「人生一のお風呂？」

「私もこの前の稽古で、話に聞いただけなんですけどね……」

横山の話を聞いて、いづみはひどく驚いた。そんな、風呂を知りつくしているであろう人が、人生一番の湯だと語ったのは、なんと自分もよく知っている風呂だったのだ。

人生って変な巡り合わせがある、といづみは思う。いづみは、家元が話したその風呂が、もう営業していないことを知っていた。しかしその話をしてしまうと、横山の夢や憧れを壊してしまう気がして、つい知らないふりをしてしまった。

いつの間にか、掃除をする手が止まっていた。そして、浴場を掃除している史朗から、「ごめんいづみちゃん、ポリッシャーの電源って……」と、情けない声が聞こえてきた。いづみは首を振った。とりあえず今日は、退院してくる悟朗のことを考えよう。


「悟朗さんの退院をお祝いしませんか？」

面倒だから嫌だと言われるだろうな、という予想に反して、史朗はいづみの案に乗った。

「まず、私がクラッカーを鳴らすので、それから史朗さんが出てきてください」

「同時じゃダメなの？」

「史朗さんが後から出てきた方が、サプライズ感が増すじゃないですか」

「なんでもいいけど」

「仲直り、するんですか？」

「仲直り？」

「悟朗さんと。ずっとギスギスした感じだったじゃないですか」

「……まあ、悟朗がどうして銭湯の仕事を続けているのか、あいつがいない間に、わかった気はした」

「一日、火を焚いただけで？」

「それでもわかることがあるんだよ。一日火を焚いただけでもさ」

いづみは、ここ数日、不思議に思っていたことを尋ねた。

「そもそも、2人はなんでボイラー室で喧嘩してたんですか？」

「…………」

史朗が口を開く前に、入り口の方から物音がした。靴箱から脱衣所、そして浴場へ、足音が近づいてくる。悟朗だ。史朗と顔を見合わせ、いづみは手にしていたクラッカーの紐をそっと握りしめる。

ガラッと戸が開いた瞬間、いづみが「退院おめでとう！」と、クラッカーを鳴らした。

「わっ」

驚いた顔の悟朗がいる。少し、痩せたようだ。

「……兄貴もいたのか」

「……ちょっとヤツれていい男になったな」

「そっちこそ、いい顔になってる」

「何言ってんだ、元からだよ」

軽口をたたき合う2人を見て、いづみは嬉しくなった。

「史朗さん、火も焚けるようになったんですよ」

「あ、そう」

悟朗はバツが悪そうな、曖昧な返事をした。いづみと史朗となかなか目を合わそうとしない。

「なんだよ」

「悟朗さん、もっと喜ぶかと思った」

「……いや、嬉しいよ」

「さ、乾杯しましょう！」

脱衣所の冷蔵庫で冷やした缶ビールを、いづみは2人に渡した。

「昼間からビール？」と、悟朗。

「お祝いですから！」

いづみと史朗は「乾杯！」と缶を掲げた。

しかし、悟朗の手は止まったままだ。いづみは嫌な予感を覚える。

「悟朗、どうした?」

「ごめん」

「何が?」

「兄貴がせっかく書いたプラン……」

プラン? 何の話だろう。

史朗が「いいよ、もう」と、遮るように言うが悟朗はゆっくりと首を横に振った。そして、「道理にかなってた」と、缶ビールを見つめながら、ポツンと言った。

「悟朗さん、飲みましょうよ」

この話、嫌だ。聞きたくない。いづみは嫌な予感を打ち消そうと、わざと明るい声を上げた。

悟朗は首を横に振り、浴場から脱衣所へ戻った。いづみたちもその後に続いた。悟朗は脱衣所を見回し、そしてやっと、いづみと史朗の顔を見ながら話し始めた。落ち着いた声色だった。

「……入院して、目が覚めた。お客さんがどんどん歳取って、少なくなるし、近くに温泉だってあるし。そもそもまるきんがこの街で本当に必要とされてるのかな、って」

いづみは大声を上げた。

「必要です！」

「ありがとう。でも、もういいよ」

悟朗がいづみに微笑む。いづみの心臓の鼓動が、一気に早鐘を打ち始めた。

「ダメです。お父さん、悲しみますよ！」

「いや、逆だよ」

「え？」

悟朗は番台の引き出しを開け一通の封筒を取り出すと、それを史朗に見せた。史朗が目を丸くする。封筒には筆文字で「遺言」と書かれていた。

「親父のか？」

悟朗はうなずいて、封筒を史朗に渡した。

「おふくろの最期を見届けられなかったこと、親父はずっと悔やんでたらしい」

「じゃあ、どうして？」

史朗は戸惑っていた。

「おふくろが言ったんだって。病院来なくていいから、お客さん優先して、って」

「…………」

「……親父の遺言。まるきんは継がずに、売却してほしい、って」

「…………」

封筒を開け遺言書を読む史朗をいづみは黙って見ていた。

「本当だ……」

史朗の声は、かすれていた。

「親父は誰よりも、この仕事の限界を分かってたんだ」

悟朗は穏やかな声でそう言った。いづみはじっと悟朗を見つめる。自分が知っている悟朗は消えてしまい、悟朗のふりをした人が、好き勝手に話をしているようだった。あの真剣な顔で火と向き合っていた悟朗はどこに行ったのだろう。

「親父が死んで……それでも続けてきたのは、俺のエゴだったのかも」

悟朗のその言葉に、いづみは思わず大きな声を上げた。

「今まで言ってたことと全然違う！　お客さんたちのために頑張る、って」

「でも、これが本心」

「……史朗さんも、何か言ってください」

いづみはほとんど、泣きそうになりながら史朗に言った。

史朗は父親の遺言書を握りしめ、何か考えている様子だった。いづみは期待を込めて史朗を見つめる。ここ数日で、自分たちとも、そしてこの銭湯とも距離が縮まり、絆が生まれているはずの史朗を。

「決まりだな。これで全て」

しかし、あっさりとした口調で史朗は話し始めた。

「だから言ったよな、最初から。このままやっても銭湯じゃ食えない、って」

「本当にいいんですか？　ここを潰して」

ダメだ、ここで泣くな、といづみは自分を何とか奮い立たせる。

「俺もちょうど、東京の仕事が忙しくなりそうだから、このタイミングで助かったよ」

「悟朗さん、何か言ってください！」

悟朗は床の一点を見つめたまま黙っている。その表情にはまだ迷いがあるように、いづみには思えた。

しかし悟朗が言葉を発する前に、史朗が先に口を開いた。

「いつ閉める？」

初めて会った時のような冷たい口調で史朗は言った。いづみは何も言えなくなった。悟朗も驚いたように顔を上げたが、その驚きはやがてあきらめの表情に変わった。

「いつがいい？」

「早い方がいいから……今月いっぱい、とか？」

「……今月か……」

悟朗はその時、はじめて悲しそうな表情を浮かべた。沈黙が広がる。

「2人がもし、本当にそれでいいなら……私……」

いづみはそれ以上喋れなかった。このままでは泣いてしまうと思った。今、この2人の前で泣くのだけは嫌だった。いづみはずっと手に持っていた缶ビールを番台に置いて脱衣所の脇にある扉へ走った。2階に駆け上がり、自分の部屋に入り、戸を強く閉めた。もういい。私は知らない。兄弟で好きにすればいい。

三浦史朗とフルーツ牛乳

　悟朗が退院し、まるきん温泉をもうやめると話しあった次の日、いづみは消えた。部屋を見る限り、荷物もあらかた持って行ってしまったようだ。

　この銭湯を愛してくれたいづみを、自分と悟朗は裏切ったのだ。

　今日は営業日だ。営業できるかどうかも分からない。それでも手持ち無沙汰でどうしようもない気持ちになった史朗は、1階に降り、脱衣所に向かった。

　脱衣所には悟朗がいた。椅子に座り、何をするでもなくぼうっとしている。史朗が片手をあげると、悟朗も弱々しく手をあげた。史朗は悟朗から一つ離れた椅子に腰かけた。

「どうする?」と、史朗はわざと軽い感じで言った。

「どうするって?」

「営業」

「…………」

「このまま閉める?」

悟朗は苦笑いをした。

「それはさすがに」

「よく考えたらさ、そもそも悟朗といづみちゃんの2人だったわけだから。この状況は、前と同じなんだよな」

悟朗は何も言わない。

「なに、それとも俺じゃ頼りない？」

「……そうかも」

そう言うと悟朗は椅子から立ち上がり、グッと伸びをした。

史朗は相変わらずの弟の口調に思わず笑ってしまう。何年もバラバラだった兄弟2人。いづみという存在を失ったことも大きかったかもしれない。

何も決まらないまま、ただ時間だけが進んでいく。史朗は何となく番台を覗き込んだ。いづみが置き手紙でも残していないかと期待していたが、目に入ってきたのは違うものだった。いづみが史朗のために縫いあげた、膝掛けだ。史朗はそれをそっと手に取った。

「似合うよ」

悟朗が言った。

「…………」

ひざ掛けを手にすると、いづみは本当にいなくなったのだと実感が湧いてきた。２人して黙っていると、史朗のズボンのポケットの中で携帯が鳴った。アシスタントの細井からだ。史朗は新しい仕事について細井にきちんとした返事をしていなかった。

コンペの話を聞いた時、やっぱり自分のアイデアや才能は間違っていなかったんだと興奮する気持ちもあった。しかし、舞い降りたチャンスを、すぐに拾い上げようという気にはなれなかった。建築家としては本当にこれが最後のチャンスかもしれない。上手くやりきったら次の仕事につながり、そうすれば東京に戻って、また……。でも、上手くいかなかったら？

とにかく、いまここを離れるわけにはいかないと史朗は思った。まるきんの閉店を決めたのだ。ならば自分の手で、その始末をしないといけない。それに今ここを離れれば、いづみは本当に二度と、戻ってこないような気がした。

仕事と実家の銭湯を秤にかけて、迷うことがあるなんて、少し前の自分なら考えられなかった。

「出ないの？」

悟朗の声で、史朗は我に返った。携帯はまだ鳴り続けている。結局、史朗は出ないことにした。

「おい！」

入り口に、あの老人が立っていた。相変わらず修行僧のようなそっけない服を身にまとい、鋭い目つきでこちらを見ている。

「裏にいる」

老人はそれだけを言うと、さっさと出て行ってしまった。史朗と悟朗の目が合う。

悟朗がつぶやくように、しかしはっきりとした声で言った。

「やるか」

史朗はうなずいて、携帯電話をポケットに戻した。

今月いっぱいと決めたからには、きちんと営業しよう。史朗は脱衣所と浴場の掃除をすることにした。

いづみから、床を磨くための電動ポリッシャーの使い方は教えてもらっていたが、史朗は真剣に使い方を覚えていなかった。スイッチを押してすぐは「意外といける」と思ったが、すぐにコントロールが効かなくなった。

史朗は積み上げたばかりの桶に、ポリッシャーのコードを引っ掛けてしまい、それは大きな音を立ててあっという間に崩れ、床に散乱した。史朗はあわててスイッチをオフにして、大きなため息をついた。

史朗はなんとか開店時間である3時までに一通りの準備を終えた。ボイラー室へ行くと、悟朗はいつもどおりにボイラーと向き合っている。あの老人もいた。背筋を伸ばし、悟朗と一緒に火の様子を見守っている。親子のような、師匠と弟子のような、不思議な組み合わせの2人だった。

表にのれんをかけた。「まるきん温泉」の「き」の字が、いくつかの布を組み合わせて、かわいらしく継ぎはぎされていることに史朗はこの時はじめて気がついた。

その日の一番客は、寿々屋の瑛子だった。

「いらっしゃいませ」

瑛子はスッと腕を上げて、扇風機を指差した。

「扇風機が止まってる」

換気用の扇風機だ。しまった、忘れていた。

史朗が換気扇のスイッチを入れるあいだ、瑛子は脱衣所をぐるぐると歩き回っていた。

「ここ埃も！　史朗ちゃん、始まる前に拭いてないでしょ？」

「すいません」

誰もいないにもかかわらず、瑛子は声をひそめた。

「ねえ、いづみちゃん、いなくなったの？」

「どうして、そんなこと」

「さっき、悟朗ちゃんが探しに来たから」

「いや、ちょっとだけ休みを」

瑛子は腕組みをして、史朗をじっと見つめる。この人相手にごまかしても、どうせ無駄だと、史朗はそれ以上言葉を紡ぐのをやめた。

「何かあったの？」

「……僕と悟朗で怒らせてしまったというか」

瑛子はため息をついた。

「1日いないだけで、こんなに違うのね」

それだけ言って、脱衣所に向かう。女湯の脱衣所にも何か不備があるのではないかとはらはらするが、もう遅い。小さくため息をついた。


平日らしく、その日は客のほとんどが近所の常連だった。瑛子のように勝手知ったる人たちばかりだったので、史朗でもなんとか番台の仕事をこなすことができた。

7時過ぎに、見覚えのある人が来た。風呂上がりに牛乳とフルーツ牛乳を仲良く飲んでいた……いづみが〝堀井さん〟と呼んでいた夫婦の、夫が来ていた。史朗に小銭を渡すと、黙って脱衣所へ進んだ。今日は奥さん、一緒じゃないのか。またあの2人のやり取りを見てみたいと思っていた史朗は、少し残念に思った。

40分ほどが経った頃だった。風呂上がりの堀井は、フルーツ牛乳と牛乳を、この前と同じく1本ずつ買った。無言のまま500円玉を渡される。史朗は不思議に思いながら、お釣りを返した。

堀井は力のない足取りで椅子まで歩き、腰を下ろした。そして、手の中の2本の牛乳瓶をじっと見つめている。

史朗は横目でさりげなく、堀井の様子をうかがう。堀井はじっと2本の牛乳瓶を見つめていたが、やがてフルーツ牛乳の瓶を空いている椅子に置いた。そして白い牛乳の蓋を開けて、ゆっくりと飲み始めた。数分かからず飲み干したそれを、冷蔵庫の横の回収ボックスに戻す。そしてゆっくりと番台に近づき、手つかずのフルーツ牛乳を史朗の目の前に置いた。

「これ、あの女の子に……」

か細い声だった。まさか、あの女の子はいなくなったんです、とは言えない。

「あの、今日、奥さんは？」

「当たり前の幸せって、失って初めて気づくんだよね」

「え？」

「……おととい、通夜だったんだ」

「………」

史朗は何も言えなかった。

「男湯に浸かってる時はいつもひとりだから……。壁の向こうに、まだいる気がして」

堀井は弱々しい笑顔を見せた。

「ここに来ると、会える気がする。相変わらずいい湯だったよ」

「ありがとうございます」

「今まで、あいつといろんな風呂に浸かったなぁ。思い出の湯を巡る……なんて女々しすぎるかな？」

史朗は頭を横に激しく振った。

「いえ、すごくいいと思います！」

自分でも驚くほど大きな声が出た。堀井は笑顔のまま、しかし目に涙を浮かべながら言った。

「次、２本買いそうになったら止めてね」

堀井が帰ってからしばらく、史朗は番台に置かれたフルーツ牛乳の瓶を見つめていた。風呂上がりに、にこにこと笑っていた奥さんを思い出す。あの夫婦は何年、連れ添ったのだろう。

「壁の向こうに、まだいる気がして」

まるきんをなくすということは、夫婦の思い出の場を奪うことになる。史朗は、それまでイメージでしかなかった「閉業」が、具体的な重さとなって心にのしかかってくるのを感じた。堀井だけではない。何人もの思い出や、日常の一部をだ。

史朗はフルーツ牛乳の蓋を開け、口を付けた。喉に張り付くように甘かったが、飲み干したあと、鼻の奥がツンとした。

定年退職

ダンボールに荷物をひとつひとつ、丁寧に詰めていく。社内には、もう自分1人しか残っていない。他の社員は、帰り際に横山に一言声をかけて帰って行った。退職の日は意外とあっさりしていた。送別会は先週末に開いてもらった。別の局に所属しているかつての同僚も駆けつけてそこそこ盛り上がった。はじめは横山ありきの会だったが、中盤からはほとんど普段の飲み会になった。主役の座にいるとどうも落ち着かない横山は、その方がリラックスして楽しめた。風呂敷に包まれたプレゼントももらった。「何がいいか迷ったんですけど、横山さん、風呂好きでしたよね」と、よく慕ってくれた男性社員から渡されたのは、スーパーでよく見かける入浴剤の大容量セットだった。が、それだけではなく、職場のみんなからの寄せ書きで容器の表面はびっしりと埋まっていた。横山は笑いながら礼を言った。

一つの企業に42年間勤め上げたのだ。きっと荷物も多いだろうと早めに準備を進めたが、横山の予想を裏切って、たった一つのダンボールに十分収まってしまった。こんなものか、とむなしくなりそうだったが、こんなものだろう、と思い直した。重さがあったので、自宅

温かい風呂が恋しくなった。横山は銭湯へ出かけることにした。

まるきん温泉ののれんをくぐると、番台にはいづみではなく、あの史朗という青年が座っていた。

「いらっしゃいませ」

「あれ、いづみさんは?」

「たまたま今日は……」

そこに、いつもボイラー室で火を焚いているもう1人の青年、悟朗が顔を出した。

「いなくなったんです」

「えっ!」

「悟朗!」と、史朗がたしなめるように言う。

「何があったんですか?」

「我々、嫌われたみたいで」

失敗を打ち明けるように悟朗は言った。

「いつの話ですか?」

「3日前です」

横山の頭の中で、いづみとのある会話が繋がった。

「あ、じゃあ、あのあとかな？」

何の気なしに口にした言葉だったが、兄弟にとってはそうではなかったようだ。

「心当たりが？」

脱衣カゴを引っ張り出し、服を脱ごうとする横山に、兄弟２人はにじり寄ってきた。

「心当たりが？」

横山は、兄弟２人の迫力に若干たじろきながら説明した。

「湯道のお家元が、人生一とおっしゃった風呂の話をしたんです。そうしたらいづみさん、やけに興味を持って……しつこいくらいに聞いてきたんです」

「そこかも！」

「なんて名前の温泉ですか？」

「いや、温泉じゃなくて、『くれない茶屋』って言うんですけどね」

その後、半分服を脱いだ状態のまま、記憶から家元の話をたぐり、史朗と悟朗に「くれない茶屋」の説明をした。兄弟は熱心に横山の話を聞きつつ、携帯電話で場所を調べたり、「バスを乗り継いで行けるな」「登山グッズ持ってる？」と言い合ったりしていた。話が終わると2人は横山に丁寧に礼を言った。兄弟は史朗の携帯電話を見ながらぶつぶつと話していたが、悟朗が「あ、火、見てこないと」と、小走りで出て行った。きっとボイラー室に行くのだろう。

横山はやっと服を脱ぎ、浴場へ向かう。いづみがいなくなったと聞いていたが、男湯はいつものように清潔で、鏡もタイルもよく磨き上げられていた。人がいない洗い場を選んで、いつも通り体を丁寧に清めた。そして、桶に湯を入れて、体にゆっくりとかける〈湯合わせ〉をする。家元や業躰の梶の点前を見たばかりの時は、その真似をしようと必死だったが、今ではただ、梶の「ひとりの慎み」という教えだけを心の中央に置いていた。人に見られていない時こそ、本当の自分が試されるのです。

横山は、右足からゆっくりと浴槽に入り、浸かった。先に浸かっていた白髪の70代くらいの男性が、横山の所作を見ているようだった。目が合うと、「あんた、丁寧だねえ」と大きな声で言われた。横山はゆっくりと会釈した。

体を入れてすぐは痛いほど熱く、しかしすぐ馴染む柔らかい湯。横山は、さっき喋ったばかりの悟朗の顔を思い浮かべる。まだ若いのに、見事な風呂を焚いてくれることに拍手を送りたくなる。きっと長い鍛錬があったのだろう。

熱いお湯が体を包んでいく心地を楽しみながら、横山は先ほどの脱衣所での会話を思い出していた。はじめは驚いたものの、横山はいづみの行方をあまり心配してはいなかった。何があったのかはわからないが、若いから、不意にどこかに行きたくなることはあるだろう。自分の話に一喜一憂する悟朗と史朗の姿を思い返して横山はつい微笑む。みんな若くていいな、と思った。本人たちは大変だろうが、自分の感情が向くままに進んで、ぶつかり合う姿は、眩しく、どこか微笑ましく、羨ましくもあった。俺も歳をとったなぁ。そうだ、定年だもんな。

同僚でも、家族でもない、ここでしか会わない顔見知りと言葉を交わし、同じ湯に浸かる。そんなことをしているうちに、横山の心は少しずつあたためられていった。この場所があってよかったと、少し泣きたいような気持ちになった。

探索

　悟朗と山を登るのは初めてだと思っていた史朗だが、「昔、親父と3人で山に登ったことあったよね」と歩き始めてすぐに言われた。

「そうだっけ?」と言うと、

「なんでいちばん小さかった俺は覚えていて兄貴が忘れているんだよ」

　あきれたように悟朗が返した。

　春も近づき、町では新しい季節の訪れを感じる瞬間もあったが、山はまだ冬の気配をまとっていた。幸い空はよく晴れていたが、深呼吸をすると冷たい空気で体がすみずみまで満たされるようだった。史朗は、昨日急いで買った新しい上着のジッパーを首元まで締めた。アウトドア自体、学生時代以来だった。

「寒いな」

「うん」

　悟朗と2人で外へ出かけるのも、それこそいつ以来かわからない。たまに「寒い」「足元気をつけて」と最低限のことを言い合う以外、ほとんど無言で山道を進んでいく。兄弟というより、倦怠期の夫婦みたいだなと思った。

登りはじめはかなりきつく、体力が持つかどうか不安になったが、悟朗がこれといって苦しそうなそぶりを見せずに歩いていたので、史朗はそれにならった。長年不仲だったとは言え、史朗には昔の感覚がやはり残っていて、歳を重ねても、弟は弟だった。どこか、自分よりも弱い存在であるという意識が消えないが、毎日銭湯のために身を尽くしている悟朗の方が、すでに体力も持久力も自分以上にあるのだろう。しかし、やはり兄としての面目もあるので、なるべく弱音は吐かないようにしようと決め、黙々と山道を歩き続けた。勾配がきついところでは息が上がったが、リズムをつかんだのかだんだん体が慣れ、周りの風景が目に入る余裕も出てきた。

いづみの携帯に電話をかけても、メールを送っても、全く反応がなかった。横山さんからのまた聞きで、本当にいるかどうかも分からないいづみを、「くれない茶屋」へ探しに行く。「くれない茶屋」自体、ネットで調べても、かつての登山客の休憩所のような場所だということしか判明しなかった。いくつかある登山ルートの中から、おそらくここだろうとあたりをつけて選んで、今はとりあえず歩き続けている。

いづみと会えなかったとしても仕方がないし、それはそれで、もういい。普段の自分だったら、無駄なことはなるべくしたくないし、誰かに面倒を請け負ってもらえるのならば、そうしてほしい。しかし、今は意味がないとしても、とりあえずやろうと思った。必ず願いが叶うわけでもないとわかっていても、神社へ足を運び、神様にお参りに行くのと似ている気がした。

　山に入って1時間ほどが経つと、小さな吊り橋が現れた。ネットで調べたところでは、茶屋は川の上流をめがけて歩き続けると現れる、とのことだった。なぜ、そんなところに茶屋をわざわざ作るんだろう？　悟朗にも聞いてみたが、「さあ？」と首をひねるだけだった。その動作が自分と似ていることに史朗は気づいた。

　ふと史朗は、同じように自分が実家に帰ったとして、そこにいづみがアルバイトに来ていなかったら、どうなっていたんだろう、と思った。

「もし……」

「うん」

「もし、いづみちゃんがまるきんに現れなかったら、どうなってたかな？」

「そうだなあ」

　悟朗はぼんやりと空を見上げる。

「もっと早くやめてた？」

「かもしれないし……もっと続けてた、かもしれない」

「どっち?」

「ひとつ言えるのは、彼女がいたおかげで、俺たちはこうして、話してる」

「それはそうかも」

川の上流をめがけて、肩を並べて歩き続けた。


やがて谷底に、一軒の日本家屋が見えた。

「あれじゃないか?」進んでいくと、階段があり、その横にボロボロの札が立てられている。よく見ると、「くれない茶屋」と書かれているようだ。

「ここだ!」と、2人は急いで階段を降りた。

近づくと、想像していたよりもずっと立派な家だった。チャイムがなかったため、玄関の引き戸をコツコツと叩いて、「すみません」と声をかける。

家の中から微かな物音がした。少しずつ大きくなる足音。人の気配だ。史朗と悟朗は顔を見合わせ、うなずき合った。

玄関を開けたのは、老婆だった。髪の毛は白く、目立たない色合いの服を着て、前掛けをしている。穏やかな笑みを顔に浮かべていた。

「こちらに、若い女性のお客さんが来ませんでしたか?」史朗が尋ねた。

「お客さん？」

急な訪問者に驚いた様子もなく、老女は落ち着いている。髪とは対照的な黒くつややかな目で、史朗と悟朗の顔を交互に見た。

「うちはもう、何年も前に廃業していますから……」

史朗は気持ちが一気に沈むのを感じた。やはり、そう上手くはいかないか……。

「突然、すみませんでした」

老女に頭を下げ、引き返そうとする。が、悟朗は老女と対峙したまま、動こうとしない。

「あの、こちらのお風呂が素晴らしいとうかがったのですが……」

悟朗の言葉に、女性がぱっと目を開いた。

「うちの風呂が？」


家から数分歩き、老女に導かれた先にあったのは五右衛門風呂だった。物置小屋のようなボロボロの建物がそばにある。かつてはここで着替えなどをしていたのだろうか。

「五右衛門風呂だ」

「時代遅れでしょう？」

史朗と悟朗は目を合わせた。横山が言っていた「湯道」の家元という人が言っていた風呂は、きっとこれだろう。

「……入ってもいいですか？」

悟朗が老女に聞く。老女はじっと悟朗の目を見つめた。

「今？」

「はい」

「いいけど、うちのは不便ですよ」

老女はどこかいたずらっぽく言う。悟朗は「大丈夫です」と、はっきりした声で言った。

史朗もその横でうなずく。

「自分で沸かせる？」

「俺たち、風呂屋なんで」

史朗は思わず、そう言っていた。

「銭湯やってます、三浦悟朗です。こっちが兄の」

「史朗です」

驚いた顔をした老女だったが、やがてそれはすぐ、笑顔に変わった。

弟子の憂鬱

「今日の湯加減、いかがでしたか？」と家元が尋ねると、門下生たちは大きくうなずいた。
「日本人の美意識の根底にあるもの……それは自然です。自然を敬い、自然に感謝し、自然を手本とし、全てを受け入れて日々を重ねる……幸せを追い求めてはいけません。気づくのです。どれだけ小さな幸せに気づけるか……それこそが人生の豊かさ！　湯道はそのために存在しているのです。それを実践するのは誰か？　言うまでもない。あなたがやる！……湯道……YOU DO!!!」

門下生たちが、「今は笑うタイミングか？」と、互いの表情をうかがいながら、パラパラと笑う。門下生が家元のペースに巻き込まれていく様子を見るのが、梶は嫌いではなかった。

家元はその日も、初級者への稽古で、入浴点前を披露した。体にいよいよ障るのではないかと梶は内心はらはらしていたが、顔や態度に出さないように気をつけた。

そして、はじめて、門下生たちも広間の檜風呂で、入浴点前を実践する運びになったのだった。

「どなたか、家元に点前を見てもらいたい方はいますか？　めったにないことです」

梶の呼びかけに、驚いたのか、場は水を打ったように静かになった。確かに、家元の前で点前を行うのは荷が重い。無理もない、と梶は思う。しかし、せっかくの機会だ。梶は門下生たちの顔を一人ずつ見た。俯いている者、目を逸らす者……。その中で梶は、きらりと光る瞳を見つけた。ああ、やはりと思った。一番の新人である横山だった。

「横山さん」

梶の声に、横山が身じろいだ。

「横山さん、よろしければいかがでしょう」

誰よりもやる気にあふれているが、控え目な横山の背中をぽんと押すような気持ちがあった。だが、これは賭けだった。横山は身を引いてますます目立たなくなるかもしれないし、大失敗をしてショックを受け、稽古そのものに来なくなってしまうかもしれない。でも、横山の情熱があれば大丈夫なはずだ。もしも何か起きても、自分が全力でフォローをしようと梶は決めていた。

横山は目をつぶり、逡巡しているようだったが、それも数十秒のことで、やがて立ち上がり、「やらせていただきます」と言った。

横山の入浴点前は、丁寧で、実直だった。作務衣を脱ぐ所作は細かいところをおろそかにせず、桶を持った時は一瞬まごつきがあったが、すぐに立て直した。桶で湯をすくう所作は、お湯を慈しんでいるようにただただ優しかった。湯合わせの湯の流れはまだ荒かったが、きちんと背中で模様を描いていた。

そして、入湯。右足から浴槽に入り、一度中央に立つ。そして、右足を後ろにずらして、体をゆっくりと湯に沈める……縁留は、どうだろう？　横山は目をつぶって、完全に体を沈めた。湯はあふれない。縁留は成功だ。横山は気持ち良さそうに鼻で呼吸をし、ゆっくりと目を開けた。檜風呂そのものを、心から楽しんでいるようだった。

梶は家元の様子をうかがった。予想通り、家元はにっこりと微笑んでいた。そして、拍手をした。横山が信じられない、という顔で家元を見、急いで立ち上がろうとしたので、梶はあわてて止めた。

「横山さん、湯が溢れます！」

横山ははっとしたように、またゆっくりと体を湯に沈めた。広間の雰囲気はそれをきっかけに解け、門下生たちも一斉に拍手を送った。横山は恐縮したように、会釈を繰り返していた。

夜になり、梶は寝支度を手伝おうと家元の部屋に向かったが、家元はすでに布団に横になっていた。

「大丈夫ですか？」

「長湯が過ぎたかな……」と、家元は寝転んだまま弱々しく笑う。

「しばらく、お休みになった方が」

「そうも言ってられん」と、家元は体を起こす。梶は手を伸ばしてそれを支えた。

「この後、二之湯家をどうするか」家元はほとんど閉じていた目を開き、突然梶の方へ向け、

「やるか？」と聞いた。

この「やるか？」は、「次の家元をやるか？」という意味だ。梶はあわてて首を横に振った。

「そんな、滅相もございません」

家元はその答えがはじめからわかっていたようにうなずいて、また布団に横たわった。

「しかし早く決めないと、時は迫っておる……」

「そんな弱気なことはおっしゃらず」

「お前には苦労をかけるな」

家元はまた、目を閉じた。

しばらくすると、静かな寝息が聞こえてきた。眠りに落ちたことが分かると、電灯をいちばん弱い灯りに設定して、梶は部屋を出た。家元とこんなやり取りをあと何回できるのだろ

う。ため息をつく。

家元の病状はかなり悪くなっていた。梶には気持ちが休まる日がほとんどなかった。良い日には起き上がって、食事をしたり、点前を披露したりする。梶に稽古をつけてくれる時もあった。家元がいつか迎える自分の最期を怖がっているのか、そうではないのか、見立てがまるでできない。

しかし、案じてばかりでもいられなかった。梶はなるべく業躰としていつも通りの日常を過ごそうとしていた。家元が普段通りの日々を大切にするならば、自分もそうするべきだと思った。何人もの門下生がいる。家元がこれほどまでに体調が悪いことを知らない門下生の方が多い。湯道会館に集う人々が、湯道に真摯に向きあえる環境を整えること。それが今の自分の一番の仕事だった。

梶はこれまで以上に、「火の番」を身を入れて行い、自分自身の稽古にも励んだ。冬の間、眠らせていた畑の土を耕し、暖かくなってきた空気をそれに吸わせた。今年は何を植えようかと考えた。もう春が近づいてきている。

湯道会館のそばには、桜の木が植えられている。家元はその花びらを湯に浮かべて桜の湯会をすることが好きだった。今年はできるだろうか？　それを考えると瞳の奥が熱くなる感覚があったが、気のせいだとなんとか振り切った。

理想の風呂

川の水は手が切れそうなほど冷たかった。

「お前が余計なこと、言うから」

史朗は息を切らしながら文句を言った。バケツで川の水を汲む作業は単純だが、普段使わない腕の筋肉を稼働させせないといけないのが辛かった。足元の石は滑りやすく、そちらにも注意を払わないといけない。

悟朗が支える大きな木の樽に、バケツで汲んだ水を流し入れる。どちらも先ほどの老女が貸してくれたものだ。

「『俺たち、風呂屋なんで』……って、誰のセリフ？」

悟朗が苦笑交じりに言う。

「まさか水道が通ってないなんて、思わないだろ！」

「でも昔の人にとっては、これが当たり前だったんだよね」

史朗は考える。東京のマンションと事務所を行き来しながら設計に励んでいた自分に、「お前は1ヶ月後、山奥で五右衛門風呂を沸かすためにバケツで川から水を汲んでいる。それも弟と一緒に」と告げたら、果たして信じるだろうか？　バカなことを言うな、と怒鳴られるかもしれない。

樽が水で満たされると、２人で慎重に支えながら五右衛門風呂まで運び、中身を五右衛門風呂にあけた。普段の銭湯の仕事も体力仕事だと思っていたが、こちらはもっとだ。覗きこむと、風呂釜に水はほとんど溜まっていなかった。

「たったこれだけ？　あと何往復するの？」

これでは日が暮れてしまう。史朗は愕然とした。

「さあ、５往復くらいじゃない？」

悟朗が冷静な声で言う。兄の落胆ぶりをどこか面白がっているようでもあった。

「そんなに⁉」

「焚き木も拾わなきゃいけないし、手分けしようか？」

悟朗が焚き木を拾い、史朗は水を汲むことになった。

弟は柴刈りへ、自分は川へ。まるで昔話だな、と史朗はおかしくなった。

数時間後、やっと十分な水と、焚き木が集まった。木の桶に溜めた水を、風呂釜に思いきり流し入れた。悟朗が、これも老女から借りたマッチをすり、釜の下に置いた焚き木に火を入れた。じわじわとオレンジ色の炎が広がっていく。何も言わず、肩を並べて、ただ火を見つめていた。木を集めたり、水を運んだりするうちにどんどん暑くなり、２人とも上着を脱いでいた。

「どのくらいで沸くんだろう」史朗が火を見ながら言うと、

「1時間もかからないと思うよ」と悟朗が答えた。

その言葉通り、少しすると風呂釜からうっすらと湯気が上がり始めた。史朗はふと、風呂仙人と呼ばれるあの老人のことを思い出した。

「そういえば、風呂仙人って不思議な人だよな」

「ある日、突然現れてさ。親父はずいぶん信頼していた」

「時々、いい言葉をポソッと言ったりするし。あの人にとって、風呂は太陽だって」

長い枝の先で焚き木をいじっていた悟朗は、その手を止めた。

「それ、親父の言葉だよ」

「え？」

「心をポカポカさせる太陽みたいな存在だって」

いつも真剣な顔でボイラーの火を見つめていた、あの頑固な父親がそんなことを言っていたとは。史朗は思わず、ふっと笑いを漏らした。

「どうしたの？」

「いや、親父も案外、詩人だったんだ。ちょっと見直した」

悟朗が同意するように、ゆっくりとうなずいた。

悟朗が右手を湯の中に入れる。まるきん温泉で、いつもそうしているように。

「うん」

腕時計を確かめると、準備を始めてから5時間以上が経っていた。くたくたで、入る順番を決めるのも面倒だったので、一緒に浸かることにした。すぐそばのボロボロの小屋は、もはや小屋の体をなしていなかったので、五右衛門風呂のそばで服を脱いで、そのままザブンと浸かった。

気持ち良さは、格別だった。野天の風呂が珍しいからなのか、苦労して作り上げた湯だからなのか、澄んだ山の空気が良いのか……理由はいくらでも並べられたが、わからない。湯はちょうどいいとしか言えない加減で、一瞬、浸かっているのかどうかわからないほどだった。五右衛門風呂に浸かったまま、史朗は辺りを見渡した。山の景色や、川。自然そのものの中にぽっかりと浮かんでいるような心地すらあった。真横にいる悟朗も、ぽかんとした表情を浮かべている。

「こんなに狭いのに、何、この気持ち良さ！　5時間かけた甲斐あった」

珍しく興奮しているようだった。史朗は悟朗に同意しながら、５時間か、と頭の中で繰り返した。

「そう考えると、指一本で沸かせる風呂があるって、すごいことだよな」

「風呂への感謝……まさに、湯道ってことか」

「横山さんに言ったら悔しがるだろうな」

横山の反応を想像して、史朗と悟朗は顔を見合わせて笑った。

「アチッ！」

顔にかかった湯を拭おうと腕を動かした史朗は、釜の縁に腕が触れてしまった。決して大きくはない風呂釜に、大の男が、２人でぎゅうぎゅう詰めで入っているから狭くて当然だった。

「あんまり動くなよ」と、悟朗。

「この下が熱いんだって」

火が強いのか、足元からじわじわと煮えてくるような感覚がある。

「水、足す？」

「足そう」

桶を持ってこようと、悟朗が立ち上がろうとした途端、

「ごはんですよ！」と、明るい声がした。女性の声だ。でも、あの老女の声とは違う……。顔を向けると、風呂から少し先の方に誰かがいる。いづみだった。まるきん温泉にいた時と同じ、明るい色のパーカーを着た、ゆるい出で立ちで、いたずらっぽく笑いながらこちらを見ている。

悟朗は浮かしかけていた腰を勢いよく戻した。その拍子に、史朗の顔や腕に熱い湯が大量にかかった。

「だから熱いって！」

兄弟２人はあわてて動いて、風呂ごとひっくり返りそうになってしまう。いづみはその様子を見て、声を上げて笑った。

葛藤

山を登り祖母の暮らす家に来たいづみは、何もしない時間を過ごそうと決めていた。しかし、眠ったり、ぼんやりしたり、あてもなく散歩をしたりという時間は、一日で飽きてしまった。もともと自分が、じっとしているのが苦手な性格だということを忘れていた。

そして、いづみは怒っていた。

まるきん温泉が、銭湯という場が失われることに、大きなショックを受けていた。東京から突然来て、かき回していった史朗もそうだが、悟朗の言葉に怒り、またがっかりもした。いづみはもやもやを解消しようと、山に向かって思いっきり叫んだ。何度か繰り返し叫ぶうちに、気持ちが落ち着いて、すっきりしてくる。そんな孫娘を見て、祖母は「単純ねえ」と呆れたように笑い、そしていづみの背中をぽんぽんと叩いた。

熱くなった頭に、横山さんの言葉がふっと降りてきた。「くれない茶屋」。湯道のことはよく知らないけれど、まさか家元という人が、そんなことを言っていたとは——。くれない茶屋は、もともとは、祖母と祖父が切り盛りしていた小料理屋で、やがて登山客のための休憩所に姿を変えたと聞いている。

　ある時客の一人が、汗をかくからここで湯に浸かれると嬉しいかもしれないな、とこぼしたことが、茶屋の風呂が生まれたきっかけだったと、いつか祖母に聞いたことがある。もともとは、農作業が一段落した時に風呂を沸かして入るというのが、この一帯のかつての習慣だったそうだ。

　祖父が亡くなり、祖母も年をとってからは、五右衛門風呂は自分で水を汲み、沸かす作業をしてくれる人限定ということになった。しかし、山登りに来た客で、わざわざ余分な体力を使ってまで風呂に入りたい、というもの好きな人は少なく、その文化もいつしか先細りをして、くれない茶屋はまた普通の茶屋になった。入浴客が途絶えるのを区切りと捉えたのか、祖母は数年前に店をたたんだ。が、引き続き生活は送っていて、ふと訪ねた人を相手に、お茶や料理を振る舞うことは続けていた。

　まるきんを飛び出した時、いづみの頭に浮かんだのはやはりくれない茶屋だった。荷物を背負ったまま、いづみは山に向かった。

　その数日後、史朗と悟朗の兄弟がやってきた。祖母から「お客さんが来ている」と告げられ、どんなもの好きが来ているのかと様子を見に行ったいづみは、風呂で楽しそうに喋る史朗と悟朗を見て驚いた。

風呂から上がった史朗と悟朗に、祖母は居間で夕飯を振る舞っていた。いづみは準備が忙しいふりをして、ほとんど炊事場の方にいた。ここまで来てくれたことには驚いたし、嬉しかったが、でも自分がどんな答えを出せばいいのかわからなかった。

「だって、孫はお客さんと違いますよ」と、祖母が2人に言う。

「そりゃ、そうですね」

「いづみちゃんの名前を出すべきでした」

「食べたら、早く帰った方がいいですよ。この辺、熊が出るので」

いづみは煮物を2人の盆に置きながらそう言った。

「熊……？」

史朗が箸を止めて、不安そうな顔をする。

「嘘です」

いづみはあっさりと言った。

「こんな憎らしい子をわざわざ迎えに……ありがとうございます」と、祖母が頭を下げた。

いづみは何も言わず、また炊事場に逃げた。

「どうでした？　山の風呂は？」と、夕食を食べながら祖母が2人に尋ねる。いづみは夕食の支度を続けながら、3人の話を聞いていた。

「最高でした」と悟朗。

「あんなの、初めてです」と史朗も続ける。

「普通の風呂と、何が違うんでしょうか？」

「特別なことは何もありません。天から降った雨を頂いて、山から木を頂いて。火つけるくらいでしょ、人間がするのは。全部自然のおかげです」

「自然、か」

史朗がしみじみとした口調で言った。

「東から昇ったお日さんは、半日以上休まず働いて、西の空に沈むでしょう？　私、一日の終わりにはお日さんに向かって、今日もこんなにたくさん洗濯物が乾きました。ありがとうございました、ってお礼を言うんです」

いづみもいつの間にか、祖母の言葉に聞き入っていた。

「いづみ、2人のところに、戻りなさい」

急に名前を呼ばれて驚くが、広間に戻り、いづみは迷いながら言った。

「だって、もうやめるんでしょう。今から行っても……」

すると、悟朗が姿勢を正して、いづみの目をじっと見据えながら言った。

「最後の最後まで、普通にやりたいんだ。手を抜かずに、全力で、でも普通に。最後までやろうよ、一緒に」

「…………」

「それに、常連さんたちに、ちゃんとお別れしないと」と史朗。

「いづみ、お礼はちゃんと言わなきゃ」と祖母が言う。

「…………」

いづみは兄弟を、特に悟朗をじっと見つめた。

いづみがまるきん温泉を訪ねたのは、ちょっとした偶然だった。

会社を辞め、祖母の家でしばらく時間を過ごしたあとだった。あの五右衛門風呂に入り、風呂の気持ち良さを思い出したいづみは、もっと他の温泉にも行ってみたい、と思った。そこで祖母をある温泉に誘った。前の仕事をしているときは旅行に行ったり、大きな買い物をしたりという時間がほとんどなかったため、僅かながらに貯金もあった。ずっと何をするでもない自分をそばに置いてくれている、祖母へのお礼の意味もあった。

しかし出かける直前になって、祖母の古い知り合いが茶屋を訪ねてきた。人と喋るのが何よりも好きな祖母は、張り切って料理の準備を始めた。祖母が勧めるので、いづみはとりあえず、その日は一人で温泉に向かうことにした。

天気のいい日だった。乗車したバスの運転は丁寧で、運転手の声は低く心地よかった。うとうととまどろみ、いづみは席に座ったまま寝てしまった。目が覚めたときは、もう温泉からいちばん近い停留所は過ぎてしまっていた。いづみは慌てて停車ボタンを押した。数分走って、バスは停まった。

「あの、温泉に行こうと思っていたんですけど、反対車線の停留所から乗れば行けますか？」

他に乗客もいなかったので、料金を払って降りる時に、いづみはバスの運転手に聞いた。

「ああ、お客さん、乗り過ごしたの？」

運転手は初老の男性で、

「この辺はなあ、1時間に1本しか来ないからなあ」

「そうなんですか」

もしかすると、バス停でかなり待つことになるかもしれない。ならいっそ、歩いて温泉を目指すか。それとも今日は諦めて、このバスに乗り続けるか……バスのステップに足をかけたまま逡巡するいづみを見て、運転手がまた話しかける。

「お客さん、お風呂に入りたいんだったらね、この近くにまるきん温泉っていうところがあるよ」

「もう一つ温泉があるんですか？」

「いや、銭湯なんだけどね。この辺では銭湯のことも温泉って呼ぶんだ」

「そうなんですか」

「井戸水を沸かしているみたいでね、あそこの有名な温泉とはかなり違うけど、昔ながらの銭湯っていう感じで、悪くないよ」

「へえ」

興味を持ったいづみは、運転手に礼を言い、バスを降りた。

携帯電話で場所を調べながら、５分ほど歩いて「まるきん温泉」に着いた。

レトロな建物と煙が出ている煙突、「ゆ」の文字が白く抜かれた青いのれん。いかにも昔からある、町の銭湯だった。のれんをくぐり、下駄箱に靴を入れて、左側の「女湯」ののれんをまたくぐり、中に入った。入るとすぐ目の前が脱衣所で、その奥の磨りガラスの扉の先にお風呂があるようだった。脱衣カゴのいくつかは埋まっていて、磨りガラスの向こうからは人の声や桶の響く音が聞こえてきた。

入ってすぐのところにある番台には誰も座っていない。柱時計が時を刻む音だけが淡々と響いていた。いかにも昔ながらの銭湯だなあ、と、いづみはなぜか気持ちが落ち着く。

すみません、と声を出すが、従業員は近くにはいないようだ。困ったいづみは、もう一度、声をかけてみる。

「すみませーん！」

するとと、女湯の脱衣所の方から、大きな明るい声がした。

「あ、お客さん？　ちょと待ってね」

驚いて脱衣所を見ると、女性が1人、番台の方へ近づいてきた。

「裏手がボイラー室なんだけどね、悟朗ちゃん、そこにいるわ」

ショートヘアの女性だった。服は着ているが、頬が上気していて、髪は濡れている。いづみの母親と同年代か少し上に見える。

「呼んできてあげる」

いづみが口を開く前に、女性はあっという間に外に出て行ってしまった。声が大きくはっきりしているので、「悟朗ちゃん！」と名前を呼ぶ声が室内にいても聞こえてきた。何かお店をやっている人なのかな、といづみは想像した。

すぐに、女性と一緒に、青い羽織を着た小柄な男の人が入ってきた。何歳か年上に見える。

いづみの顔をちらりと見て、頭を下げた。

「すみません」

男性の顔は赤みがかっていた。そして、手に黒く擦れた跡のようなものがあることにいづみは気づく。ボイラー室と言っていたけど、焚き木でお湯を沸かすタイプのお風呂なのかな、といづみは思う。

男性は番台に上がり、少し身をかがめて弁当箱ほどの大きさの箱を取り出した。

「450円です」

いづみは財布から500円玉を出し、渡す。箱は釣り銭箱だったようで、男性はそこから50円玉を抜き出していづみに渡した。

「ありがとうございます」

「お姉さん、タオルとかは持ってる？」

先ほどの声の大きな女性が、濡れた髪をタオルで拭いながらいづみに聞いた。いづみは頷く。女性はにっこりと笑ったかと思うと、先ほどから悟朗、と呼ぶ男性の方に体を向けた。眉のあいだにしわを寄せて、首を横に振る。大げさな仕草だが、なぜかそれがよく似合っていた。

「悟朗ちゃん、だから手伝うって言っているのに」

悟朗という人は顔の前で手を振り、「いいですって」と言った。

「瑛子さんはお店あるし、悪いですから。俺が大作さんに怒られる」

目の下のクマが目立つ。いづみはその疲れ切った、どこか追い詰められている雰囲気を見て目をそらした。数ヶ月前まで、同じような表情を、鏡の前でよく見ていたから。

「だって掃除も1人でやっているんでしょ」

「……風呂焚きは手伝ってくれる人もいますし」

「あのおじいさんみたいな人でしょ？　手伝うって言ったって……」

　いづみは女性に会釈をして、その場からそっと離れた。


　体と髪の毛を洗ったあと、いづみは水色のタイルが貼られた浴槽に入った。足の先を浸けた時、祖母の五右衛門風呂で熱いお湯には慣れているつもりだったが、それでもちょっと熱いな、と感じた。ゆっくりと体を沈める。熱さに肌が一気に粟立つ感覚がありながらも、しばらくじっとしているとだんだん体が慣れていった。この独特の湯の柔らかさはきっと薪だ。素朴で、くせのないお湯はいづみの好みだった。ふう、と息を吐いて、浴場全体を見渡す。

「お姉さん、ここ初めて？」と、おばあさんに話しかけられた。

「はい」

「ここ、熱いでしょう？　ずっと入っていて熱くない？　やっぱり若いからかしらね」

　そういうおばあさんも、長いこと浸かっているので、なんだかおかしかった。

「私はね、そんなに好きじゃないのよお風呂なんて」

「そうなんですか？」

「でも夫が一緒に行こう行こう、しつこいから」

おばあさんが思い切り顔をしかめるので、いづみはつい笑ってしまった。

「仲がいいんですね」

「入って嫌な気持ちになったり、後悔することはないから、お風呂は」

その言葉はいづみの心に、妙にストンと入ってきた。

「そんな場所、なかなかないのよ」

入る前は面倒なんだけどね、とおばあさんは笑った。その後すぐに「じゃあお先します」と、立ち上がった。

銭湯にいる間、自分は他の人からすると、ただの「お姉さん」なのだといづみは気づいた。そして湯船に浸かりながら、浴場を出る人、入る人、洗い場で体を洗う人……自分の目の前を通り過ぎる人たちを、なんとはなしに見つめた。一人ひとり違う名前があり、違う人生を生きている。これまでは当たりまえと素通りしていたことが、奇跡のように思える。肩書きとか、年収がいくらとか、結婚しているとかしていないとか、比べようと思えば他の人生といくらでも比べられる。いづみは必死で働いてきた時間のことを思い浮かべた。追いかけてきた仕事の名誉や評価も、人生の中のほんの小さな一面なのだ。

熱い湯の中で、自分の体をぎゅっと抱きしめた。お風呂に入る時はみんな裸になって、自分の体以外のものは手放して、ただただ温かいお湯に包まれることを求めている。それは祖母の茶屋の五右衛門風呂を求める人たちも同じだった。どんな人でも汗水垂らして水を運び、薪を拾い、一生懸命に湯を焚く。そして湯の中で、とっておきの至福のひと時を過ごす。お風呂の前ではみんな平等に裸で、無防備で、手ぶらだ。

いづみは長い時間、湯船のなかで考え事をし、通り過ぎる人を見ていた。やっと湯船から出た頃には、顔も体も真っ赤になっていた。


服を着る頃には、客足はほとんど引いていた。いづみはふらふらと番台横の椅子に行き、どかっと腰を下ろした。思いの外、長湯をしてのぼせてしまったようだった。

「あの……」

声がした方へ重い頭を横に向けると、ペットボトルの水を差し出された。

「良かったらこれ、どうぞ」

いづみは回らない頭をなんとか「ありがとうございます」と言った。もらったばかりの水を一気に飲んだ。茹だっていた体中の細胞が、少しずつ平熱に戻っていくような感覚。小さくため息をつく。番台に座っているのは、先ほどの青年だった。確か、悟朗と呼ばれていた。

「すみません、ありがとうございます」

悟朗というその人は、はっとしたようにいづみを見て「いえ」と、つぶやくように言った。

「お金払います」といづみは言ったが、悟朗は首を横に振った。

いづみはもう一度お礼をいい、また椅子に深く腰を下ろした。なんでだろう。

そのままぼんやりと座っていると、壁の「アルバイト募集　要住み込み」と書かれた貼り紙が目に入った。

「あ」

いづみは立ち上がり、その貼り紙の前まで進んだ。

「これって、まだ募集していますよね」

「……はい」

と、悟朗が小さな声で答える。

「私、応募していいですか?」

悟朗は「えっ」と目を大きく開いた。

「ダメですか?」

「ちなみに、応募動機は……」

「……お風呂が好きだから？」

普通の会社だったら、こんなんじゃ落とされるな、といづみは苦笑した。悟朗は真顔のままだ。

「めずらしいですね、お若いのに。銭湯が好きなんて」

「そうですか？」

「うちの風呂、良かったですか？」

「最高でした！」

いづみは前のめりで言った。悟朗はそんないづみを見て一瞬表情を緩めたが、すぐに暗い顔つきに戻った。

「掃除はきついし、夜も遅いし……入ってくるお金も少ないし、大変ですよ」

ひとりごとのように言葉が続く。いづみはつい、尋ねた。

「銭湯、好きじゃないんですか？」

悟朗は少し間を置いてから、「……いや、嫌いじゃないですけど」と、小さな声で返す。言い終えてからすぐに、はっとしたように瞬きをした。自分の言葉に驚いているようでもあった。

「それに書いてありますけど、どちらかというと、男性を募集していて」

る。

と、アルバイト募集の貼り紙を指差した。確かによく見ると、「男性優先」と書かれてい

「ここに住み込みじゃないと厳しい、という感じで……」

いづみが「えっ、本当ですか」と言うと、悟朗は「やっぱり難しいですよね」と言う。少しほっとしているようにも見えた。しかし、いづみの考えは逆だった。

「いいえ、むしろ助かります！　前に住んでいたところ、引き払っちゃったんで。それに私、こういう雰囲気の家、好きなんです」

「……いま、ここに住んでいるのが自分だけで。２人きりで暮らさないといけないことになるけど、それは大丈夫ですか？」

「何がですか？」

いづみがきょとんとして尋ねると、悟朗は慌てたように「いや、大丈夫なら大丈夫です」と言った。顔が少し赤くなっているように見えた。

「本当に大丈夫ですか？」

「はい」

「……嫌になったら、すぐにやめて大丈夫なんで」

「働く前からそんなこと言います？」

悟朗はそこでやっと、照れたように笑った。

その2日後、いづみはまるきん温泉で暮らし始めた。


自分は本当に偶然、まるきん温泉に出会い、働くことになった。たった2ヶ月でも、過ごした日々や常連客のことを思うと、いづみは泣きそうになる。

「いづみ、お礼はちゃんと言わなきゃ」という祖母の言葉が、胸に刺さった。

いづみは、史朗と悟朗、そして祖母に向かって小さくうなずいた。

「わかった、まるきんに戻ります」


翌日、いづみは荷物をまとめ、史朗と悟朗と一緒に山を降りた。

まるきん温泉がなくなってしまうことには変わりがない。これまで通りに働けるだろうか？　心の一部は沈んだままだ。

「あれ？」

まるきんまであと少し、という道の途中、いづみの横で悟朗が声を上げた。下を向いて歩いていたいづみは、顔を上げた瞬間、まるきんの店の前に小さな人だかりができていることに気づいた。

息子の竜太と一緒の良子が、こちらに向かって大きく手を振った。

「どこに行ってたの！」

「いづみちゃん、帰ってきたのね！」と喜んでいるのは、寿々屋の瑛子だ。隣には大作、そして堀井もいた。悟朗も史朗も、驚いた顔をしている。

「ご心配おかけしました」と、いづみは言った。

悟朗は一同に向かって頭を下げた。そして普段より大きな声で、「今からすぐ準備します」と言った。

掃除はきちんとしてくれていたのか、浴場はほとんど整える必要はなかった。しかし、ロッカーや脱衣カゴ、番台の上など、細かいところの清掃がいづみの目からすると甘かった。いづみは濡らした布で目についたところを拭いていった。汚れや埃を自分の手で消したり、取り除いたりする作業は、いづみの心を少しずつ明るく、軽くしていった。

「いづみちゃん」

女湯の入り口から、瑛子たちが顔を覗かせている。

「手伝うよ」

「でも」

「違うの、私たち早くお風呂に入りたいだけなの！」

そう言うと、いづみの返事を待たずに皆わらわらと中に入ってきた。いづみは「じゃあ、脱衣カゴを拭いてもらえますか？」と言うと、皆思い思いに返事をした。瑛子や良子、名前は分からないが、親子らしい女性たちがおしゃべりをしながらカゴを持ち上げて、いづみが渡した布で丁寧に掃除を始めてくれた。そのカラリとした心遣いが、いづみは嬉しかった。

男湯からもにぎやかな声が聞こえてくる。私はやっぱりここが好きだ、といづみは思った。

まるきん温泉の常連客

ボイラー室へ行くと、すでに風呂仙人がいた。風呂焚きは悟朗と風呂仙人に任せることにして、史朗は浴場へ向かった。

中はにぎやかだった。女湯の方はいづみを中心に瑛子たちが、男湯では、大作や堀井たちが脱衣所の拭き掃除をしてくれていた。史朗もすぐにそれに加わる。

「なんだかすみません」と思わず言うと、「別に、早く風呂に入りたいだけだから」と大作がぶっきらぼうに言う。

本当に、ここをなくしてしまっていいのか？

史朗は手を止めた。感情移入をして正常な判断ができなくなっているのだろうか。

悟朗がボイラー窯に放り込んだ、マンションの設計図が燃えていく様を思い出す。

結局、まるきん温泉は2時間遅れて開店した。史朗が番台に座った。

手伝ってくれた常連さんがそのまま残っていたため、浴場の方からは普段以上ににぎやかに、談笑する声が聞こえてくる。手伝っていただいたので今日はお代はいいですよ、と史朗といづみは断ったのだが、みんな「いいから」と押し付けるように入浴代を渡してくれた。

横山さんが戸を開けて入ってきた。

「いづみさん！」

いづみがいるのを見て、横山は嬉しそうな顔をした。

「横山さんの読み、バッチリでした！」と史朗が言うと、横山はハッとした表情で、

「やっぱり、くれない茶屋に？　どんな風呂でした？」と史朗といづみに聞く。

史朗といづみは顔を見合わせた。横山は、くれない茶屋がいづみの祖母の家であることを知らないのだ。

「それは……行けばわかります」

「そんなぁ」

史朗が焦らすように言うと、横山は大げさに声を上げて嘆いた。

いづみが笑顔で、「いつでもご案内しますよ」と言った。

横山正の夢

今夜もいい湯だ。横山は、まるきん温泉の年季の入った浴槽の縁に背中をつけながら、明日、完成する予定の自宅の風呂へ思いを馳せる。妻から「工事中で部品が散らばっているから」と言われていたため、最近は風呂場に近づくことすらなかったが、工事そのものは順調に進んでいたようだった。明日から家の風呂に自由に入れる。まるきん温泉に毎日通うのも、今日で最後になる。

結局、檜風呂にはできなかった。それを思うと、少しばかり心の温度が下がるような気持ちもある。しかし、工事をしたおかげでこんなにいい銭湯に出会えた。湯道の稽古も順調だし、もう気持ちを切り替えて、これからは家の風呂以外もどんどん楽しむとしよう。

そう自分に言い聞かせても、横山はやはり、稽古で触れた檜の風呂や桶、あの線の美しさや木の香りのことを思うと、あきらめきれない気持ちはごまかせなかった。本当に欲しいものは、なかなか手に入らないんだよな、としみじみする。

気がつけば長湯になっていた。先ほどまで賑々しかった男湯もほとんどの人が湯船から上がり、もうもうと立ちこめていた湯気も少なくなっている。長湯は禁物だ。横山はつい、慌て湯船から上がろうとした。飛沫が飛び、湯面が揺れる。ああ、しまった、所作が乱れた。横山はもう一度、ゆっくりと湯船に身を沈めた。そして数字を10から1まで数えてから静かに、なるべく湯を波立たせないように身を起こし、足をそっと上げて床につける。もちろん家元には全く及ばないが、自分なりに美しいと思える所作で上がれた。

横山は満足して、脱衣所に向かった。

脱衣所では、常連客たちが思い思いに過ごしていた。

「あんた、まさかビール飲んでるの？」「濡れ髪だよ！　あ、間違えた、濡れ衣だよ」「面白くない！　ますます腹立ってきた」

こんな会話をしているのは、きっと寿々屋を切り盛りする夫婦だろう。それをなだめたり、笑ったりする声が続く。湯道の稽古とは正反対の空間だが、それもまた心地よい。湯道の門下生には、庶民的な銭湯には行かない姿勢を貫いている人もいたが、横山としては、そこに湯があり、それを大切に扱い浸かる人がいれば、別に関係ないのではないかと考えていた。

番台には史朗が座っていた。どこか思いつめたような表情をしているのが、少し気になった。

「今日の湯も良かった。素晴らしいお点前でした」

そう声をかけても、史朗は何かを考えている様子で、どこか表情に力がない。

「ああ、裏にいる弟に言ってやってください」

「実は私、今日で最後なんです」

「最後？」

「自宅の風呂の改修が、明日で終わりなもので」

女湯側にいたいづみが番台越しに近づいてきた。

「横山さん、よかったですね！」

「でも、ここの湯は最高だから、ぜひ通わせてください」

横山がそう言った途端、史朗は「うちも終わりなんです」と言った。

「……終わり、と言うと？」

横山が続きを促すと、史朗が「閉めようと思いまして」と言う。

史朗の言葉を耳にした常連たちが、驚いた様子で番台前まで詰め寄ってきた。

「何、それ！　聞いてないわよ」

いちばん怖い顔をしているのは、寿々屋の女性だ。横山は「いつですか？」と聞いた。

「……今月いっぱいで……」

史朗がそう、うつむきがちに言う。いづみもどうすればいいのかわからないのか、客たちと目を合わせようとしなかった。

寿々屋の旦那が「弟は反対しているんだろう?」と言うと、史朗は「……弟、呼んできます」と番台を降りて、男湯の浴場へ向かう。裏口からボイラー室へ抜けていくのだろう。取り残された常連客たちは、顔を見合わせ、動揺していた。横山も同じだった。自分はまだ通い始めたばかりだが、もう何十年と馴染みのある人も多いだろう。こんなにいい風呂がなくなるなんて……。

そのざわめきを破るように、男湯の方の戸が勢いよく開く、バンという音がした。皆の目が扉に集まる。そこに現れた人を見て、横山はハッとする。この顔は知っている……そうだ、温泉評論家の太田与一だ！　温泉や銭湯のファンなら誰でも知っている。太田は銭湯には全く似合わないスーツを着込んでいて、番台の前にたむろする人たちを不機嫌そうな顔で一瞥した。

「いらっしゃいませ」と言いかけたいづみが、「あ！」と声を上げた。

「いくらだね?」

太田はその反応に構わず、低い声でいづみに尋ねる。

「温泉じゃありませんけど」

「かまわん！」

「……450円です」

太田は上着の内ポケットから高級そうなコインケースを取り出し、いづみに500円玉を渡した。

「釣りはいらん！」

そう言って、脱衣所に向かった太田は威圧的な目で先客を睨みつける。横山はその態度の横柄さに驚きながら、いづみにそっと話しかけた。

「温泉評論家の太田与一先生ですよ」

「先生？」

あんな人が先生なの？　とでも言いたげな口調だ。

「温泉界では、それなりの有名人です」

「あの人、前も来たんですけど、水を沸かしているだけなのに温泉と名乗るなんてインチキだ、とか言って結局入らずに帰ったんですよ」といづみ。史朗が、悟朗を連れて戻ってきていたが、常連たちは皆、太田を気にして気がつかない様子だった。スーツ姿で顔をしかめながら脱衣所にいる太田を、史朗と悟朗は不思議そうに見ている。

「誰？」

「温泉評論家だって」

太田は脱衣所の傷んだ壁や、座面が破れている椅子、牛乳瓶が並ぶ冷蔵庫を見回した。

「450円ならこの程度だろう」

太田が、明らかに周囲に聞こえるようなはっきりとした声で言った。

中でも史朗がムッとしたように「何か、不満でも？」と、太田の前まで歩み寄った。

「この時代にこんな商売してても、採算は取れんだろう。沸かし湯を温泉と偽って営業する気持ちは分からんでもない」

嘲笑混じりに言い捨てる太田を前に、史朗は何も言い返さない。

「そうそう、私はこういう者だ」

太田が上着の内ポケットから名刺を取り出し、渡そうとするが、史朗はそれに目もくれない。まるきんにいる客は皆、固唾を呑んで2人のやり取りを見守っている。

「私の次の本で、ここを取り上げてやってもいいかな、と思ってね。昭和の遺物として。私の本に載れば、名前が歴史に残る……良かったじゃないか」

史朗の右の拳が震えていることに横山は気づく。相当、頭に血が上っているようだ。左手の方が、ゆっくりと太田の襟元に伸びる。

その時、横山の頭に浮かんだのは、いつかの稽古で学んだ「以湯為和」だった。湯を以て、和と為す。ここは銭湯だ。言い争いや、いがみ合いをするための場じゃない。湯の中で幸福感を得たり、絆を深める場所だ。止めないと――。

横山は前に出て、史朗の肩をポンと叩いた。史朗が驚いたように横山の顔を見る。太田も突然割って入ってきた横山に驚いているようだ。横山は微笑んで、太田に会釈をした。

「太田与一先生、今日はお目にかかれて光栄です」

自分が何を喋ろうとしているのかわからなかったが、そんな丁寧な言葉が口から流れるように出てきた。

「何だ、君は?」

「先生のご著書を拝読しているただの風呂好きです」

「それは、嬉しいな」

「源泉掛け流し至上主義を貫いていらっしゃる先生のお姿、私にはまぶしすぎます」

太田はまんざらでもない様子で口元を緩めた。なかなか見る目があるじゃないか、とでも言いたげだ。

稽古でも質問をするときに手が震えてしまう自分が、なぜ太田の前で滑らかに言葉を並べられているのか? 頭の中のもうひとりの自分が、この事態を冷静に、そして不思議そうに見つめていた。史朗の肩に手を置きながら、横山は喋り続けた。

「ただ、私は一つだけ思うのです。素晴らしい湯を見極める目を持つあなたより、どんな湯も素晴らしいと思える私たちの方が、幸せじゃないか、と。ここは昭和の遺物なんかじゃありません。むしろ未来に必要なお風呂です」

「湯のなんたるかも知らんくせに……」

太田の表情が一気に歪み、紅潮する。横山は怖さを感じなかった。自分が間違っていないと、わかっていたからかもしれない。

「ただの沸かし湯に何の価値がある！」

「あんたこそ、何も分かってねぇな」

そう怒鳴るように言ったのは、寿々屋の主人だった。缶ビールを手に、太田ににらみを利かせながら続ける。

「ここは井戸水を薪で沸かしてるんだ。井戸水も冷たい温泉みたいなもんだろ！」

それが合図になったように、常連たちは口々に、横山、そしてまるきん温泉に加勢してくれる。

「しのごの言わずに入ってみなさいよ。ここの湯はね、ダンナの嫌なこともぜーんぶ忘れるくらい、気持ちいいんだから」そう寿々屋の女性が言うと、

「おいおいダンナは余計だろ」と、男性の方がおどけるようにして言い、何人かが楽しそうに笑った。太田はその笑いもうっとうしいようで、またも吐き捨てるように言った。

「ラジオの投稿で来てみたが、時間の無駄だったようだ」

「僕です、その投稿」

大柄な青年が叫んだ。

「湯に浸かりもしないでそんなこと言うなんて先生、残念です」

「ここのお湯に浸かって歌ったら、最高なんだから」

中年のふっくらとした体形の女性があとに続いた。

「湯上がりにここで飲む牛乳、いいですよ」

飲みかけの牛乳瓶を掲げながら、さっぱりとした顔つきの老人が言う。

横山は名前も知らない、偶然ここに集った客たちを見回した。皆、いい顔をしていた。

「みんなの想い、素敵だと思いません？　まるきんがなくなっても、ここで生まれた絆はずっと続きます。たぶん……」

まるきんを閉める。史朗の言葉を思い出したのか、いづみが少し、声を上ずらせながらそう話した。何人かがその言葉を聞いて、涙を堪えるように目を細めた。

そして、悟朗が太田をしっかりと見据えながら静かな声で言い放った。

「ありがとうございます、あなたのおかげで気づきました。湯で人を幸せにする、という幸せを！」

「そしてこの場所の尊さを。ここは遺物じゃない」

弟の言葉を受け止めながら、史朗がそう続いた。

その時、横山は、隣から何か熱い気配のようなものを感じた。見ると、白くて長い髪と髭をたくわえた老人が、いつの間にか自分の隣に立っていた。初めて見かけるが、横山はどうしてか、会ったことがあるような気がした。それか、誰か似た人……。老人が鋭い目つきで太田を見据え、ゆっくりとした、しかし力強い口調で話を始めた。

「湯の本質が何だか分かるか？　成分より大切なものがある。心の洗濯だ。心を洗い、人を無垢にして絆を深める……」

老人の声には人を惹きつける力があるようだった。太田はその迫力にたじろいだように黙っていた。

「湯に貴賤なし！　ここはあんたの来るところじゃない」

横山は思わず拍手をした。湯に貴賤なし。それはまさに、自分が湯道の修業を積み、この銭湯に通う中で考え続けていたことだった。拍手はやがて他の客たちにも広がった。老人はただただ太田をにらみ続けている。悔しさか、恥ずかしさか、太田の顔はますます赤くなっていった。

「いつまで続くか楽しみだ」

そう吐き捨てると、太田は足早にまるきん温泉から出て行った。

「皆さん、ありがとうございました」と、史朗と悟朗の兄弟が言う。晴れ晴れとした顔をしている。

「いやいや、いつも思ってることを言っただけですよ、ねえ」

横山が明るい声で言うと、他の客たちもうなずいた。「なんか汗かいちゃったから、もう一風呂浴びようかなあ」などと言っている人もいる。

横山は体が冷える前に帰ろうと、男湯の扉の方に向かった。が、ふと視線を感じる。振り返ると、髪の長い老人が、じっとこちらを見つめていた。

「……？」

「アンタ、湯道やってるのか？」

横山は、老人は超能力でもあるのかと驚いた。しかし目線が自分の手のあたりにあったので、すぐに、手ぬぐいのことかと思い直した。よく見えるように二之湯家の青の手ぬぐいを、顔の高さにまで掲げた。大切に使っているつもりだったが、入浴の度に使っていたので少しくたびれていた。

「そうか、湯道か……」

老人は何かを考えているようだった。その遠くの景色を見つめているような目を見て、やはり自分はこの人を知っているのではないかと、横山は老人の横顔、特にその瞳を見つめた。

その時、太田が出て行ったまま開け放していた扉から強い風が流れ込んできた。ガラン、と大きな音がした。表ののれんが落ちた音だろうか？　その音が響いた途端、老人はハッとしたように、外へ飛び出してしまった。

「風呂仙人、どうしたんでしょう？」

と、いづみが言う。

「風呂仙人？」

確かに仙人みたいだったな、と横山はいづみに聞き返した。

「いつもうちのボイラー焚きを手伝ってくれるんですよ」

「へえ……」

風呂仙人という人の眼差しが誰に似ているのか、帰り道も自転車に乗りながら考えていたが、答えは出なかった。

玄関を開けると、油の匂いと、家族たちの楽しげな声が横山を出迎えた。もう夕飯を食べ始めているらしい。今夜は揚げ物だろうか。キッチンに行くと、雅代と冴香と舞香がにぎやかに夕食をとっていた。油の匂いがこもっている。皿をのぞくと、こんがりと揚がったとんかつが載っていた。

「ただいま」

声をかけると、舞香だけが「おかえり」と返してくれる。なにかいいことでもあったのか、食卓はいつも以上に騒がしい気がした。とんかつ、揚げたてが食べたかったなあ、と思いながら横山は台所で手を洗った。

自分の席に座ろうとすると、冴香が「お父さん、お風呂沸いてるよ」と言う。

横山は目を丸くした。

「風呂？　工事終わるの明日だろ？」

「予定が早まったんだって」と、舞香が箸で丁寧にとんかつを切り分けながら言った。

「でも、今銭湯に行ったばっかりだし……」

横山が腰を下ろそうとすると、雅代が「もう」と面倒くさそうに横山を見やる。

「関係ないでしょ、大の風呂好きなんだから。記念すべき一番風呂、浸かったら？」

「いや、でも……」

とんかつを食べながら、今しがたまるきんで起きた出来事を家族に話したい気持ちもあったが、女性陣だけで話したい相談でもあるのかもしれない。横山は仕方なく風呂場に向かった。

まるきん温泉にいた時の高揚感は、もうどこかに消えてしまっていた。横山は風呂場の電気を点けた。いつも通りの洗面所。肝心の、工事を終えたばかりの風呂場の扉は閉じられている。

「え？」

横山の目に入ったのは、「松の葉　二之湯薫明」と熨斗のかけられた桐箱だった。いつもタオルや着替えを置くスペースにひっそりと置かれていた。

「なあ、これ……」

キッチンがある方に向けて声を張るが、何も反応はない。

戸惑いながらも熨斗を取り、箱にかけられている紐を解く。横山は記憶を辿る。これはもしかして、古道具店で見た、あの——。

自分の呼吸の音がいやに大きく聞こえた。横山は大きく深呼吸をした。箱を開ける。

中身は、二之湯の家紋が入った水呑みだった。息が止まった。やはり、いつか阿閑堂で見たあの逸品だ。そしてその横には、二之湯家の手ぬぐい、それも黒の手ぬぐいが添えられていた。今の横山より一つ上の段位の人だけが持つのを許される色だ。なぜ？　これは自分が手にしていいものではない。横山は混乱する。

「おーい！　ちょっと……」

もう一度、洗面所から出て呼びかけるが、やはり返事はない。これは妻と娘たちからの贈り物なのか？　横山は黒の手ぬぐいをしげしげと見つめる。そしてそこに、「斎正」と刺繍が施されているのを見つけた。

これは、「湯名」だ。一つ上の段位に昇ると、家元が授けてくれる湯名。ということは、自分は……。

横山はこの前の稽古で、家元と梶の前で点前を披露したことを思い出した。もしかして、あれが試験のようなものだったのか？　興奮と嬉しさで、横山は思わず真新しい手ぬぐいに顔を埋めた。深呼吸をする。稽古を重ねた日々を思い出していた。銭湯での復習。梶の点前、家元の点前。この手ぬぐいは、あの２人に少しでも近づけた証のように思えて嬉しかった。湯道会館の広間はいつも、檜の浴槽と桶のいい香りがしていた。この手ぬぐいみたいに……。

横山は顔を上げた。違う、手ぬぐいじゃない。これは……。

まさかと思いながら、横山は風呂の引き戸をゆっくりと滑らせる。目に飛び込んできたのは、紛れもなく夢に見た檜の浴槽だった。すでに湯が張られていて、柔らかな湯気が立ち上っている。扉を開けた途端、横山を待ち構えていたように檜が強く薫った。横山はもう一度、家族を呼ぼうとしたが、声は喉のあたりで詰まってしまう。

横山はまっさらな浴槽に触れた。本物の檜だ。横山は何度も、美しい木肌を手でなでた。

「ありがとう」

横山は檜の香りに包まれながら泣いていた。夢が叶うと人はまず驚き、そのあとからじわじわと幸福感で心が満たされていくのだと、横山は初めて知った気がした。今度家元に会えたら、湯名のお礼を言おう。泣きながらそんなことを考えていた。

部屋の向こうから、３人の笑い声と足音が少しずつ、風呂場に近づいてくるのが聞こえた。

梶斎秋と湯道

横山さんはもう、新しい手ぬぐいを受け取っただろうか？　梶は、その日の稽古の片付けをしながら横山のいつも真剣な表情を思い返した。

家元から、横山に黒の手ぬぐいを授ける相談を受けたのは、あの入浴点前の披露があった日から数日が経った頃だった。意見を聞かれた梶は、「今後、ますます精進するきっかけになるのではないでしょうか」と、答えた。

家元はうなずいて、墨を用意するように言った。湯名を書き下ろすのだ。梶が文机の上に用意をすると、あっという間に「斎正」と、紙に書きつけた。そして、「あとはよろしく」と、再び床についた。

稽古終わりに他の門下生の前で、家元から新しい手ぬぐいと許状が渡される、というのが習わしだ。しかし、今の家元の健康状態では、それができるのがいつになるかわからない……。そうすると、家元の調子がいい時に、稽古の有無にかかわらず横山に会館まで来てもらうのがいいかもしれない――。梶は横山の家に電話をかけて、相談することにした。

電話に出たのは横山ではなく、女性だった。梶は湯道・二之湯家を名乗り、横山に「昇級に関することで伝えたいことがある」と伝言を頼み、電話を切ろうとしたところ、「ちょっとこちらも相談がありまして」と呼び止められた。

「父の退職祝いで、内緒で檜風呂を作っているんです。あと、湯道具？　のプレゼントも」

と、その女性は言った。きっと横山の娘だろう。

「お喜びになると思いますよ」

先日の点前での、檜風呂の香りをたまらない顔で吸い込んでいた横山を思い出す。そうなると、もしかするとその檜風呂がある場所で、新しい手ぬぐいを渡してもらうのがいいかもしれない……。

本来のやり方とはもちろん違う。家元の体調を鑑みると、いつ渡せることになるかわからない。家の檜風呂の完成は、横山の湯道修業において、きっと新しい門出となるのだろう。だったらその日に花を添えるかたちで、昇級の知らせを受け取ってもらうのが一番良いのではないか。梶は横山の黒の手ぬぐいと新しい湯名を横山の家族に託すことにした。

家元がつける最後の湯名は横山のものになるかもしれなかった。

梶はそんな予感がするのを抑えることができなかった。家元の体調は、ここ数日を見るだけでも、どんどん悪い方へと傾いていたからだった。

十七代目の座に誰が就くのかも、決まっていない。もちろん梶をはじめ、弟子たちは何度も話し合いを持ちかけているのだが、家元の口はとても重く、明言を避けていた。「お家元が何を考えておられるのかわからない」と、家元との付き合いが長い人や、師範たちはよくこぼしていた。病気のことに関係なく、二之湯家の跡継ぎの話をするのは不自然なことではないはずなのに、と。そして、家元には家族がいないのだ。梶は立場上そんな意見を見聞きするとそれとなく諫めていたが、気持ちも十分わかった。時代を経るごとに勢いがなくなっていく湯道の行く末がさらに不明瞭になるようで、不安は増すばかりだろう。梶が跡を継ぐ方向で話し合うべきだ、という意見が弟子たちのあいだで出ていることも、もちろん知っていたが、なかなか乗り切れない。

家元はすでに、継がせたい人物を自分の腹に決めているのではないか、という直感のようなものがあったからだった。

家元は過去に結婚していたこともある、と噂があったがとりあえず身内はいない。でも、亡くなったあとにひょっこり子どもだという人が名乗り出るかもしれない。二之湯家にはそんな前例もある、と聞いたことがある……。

結論の出ないことを延々と考えていると、少し離れた家元の部屋から、微かに鈴の音が聞こえてきた。梶は急いで立ち上がり部屋に向かった。

家元は布団の中で弱々しく咳をしていた。思い切り咳き込む体力も、もうないのかもしれない。

「大丈夫ですか？」

家元は顔を梶に向けた。口元が動いている。梶はしゃがみこみ、耳を近づけ、その言葉を受け取ろうとする。

「……ゆ」

「湯、ですか？」

家元の目が少しだけ開いた。その目が光を宿しているのを、梶は見逃さなかった。

「湯を沸かせ、と？」

家元はゆっくりと頷いた。

梶は、今いる部屋の襖を一枚隔てた隣にある、湯室を見やった。そして家元の目の光を見つめながら、はっきりとした声で答えた。

「かしこまりました」

静かに立ち上がり、部屋を出て襖を閉めた。そして、廊下を走りながら、今、湯道会館にいる弟子たちすべてに届けるつもりで、家元の意思を告げた。

「湯だ！　湯を沸かせ！」

弟子たちが一斉に部屋から出てきた。ある者は庭の井戸から水を汲み、ある者は湯室の檜の浴槽を丁寧に磨く。浴槽に、汲み上げられたばかりの井戸水が注がれる。梶は湯室に面した庭で炭を焚いた。もう夕暮れが始まりかけていて、赤く身を燃やし始める炭を見つめていると、何か儀式のようだった。

炭の火を薫に移した。そしてそれを火種にして、薪に入れる。水は温められ、浴槽からは湯気が立ち上り始める。

弟子たちは湯室の両端に並び、家元の次の動きを見守った。最後になるかもしれない、点前が始まるのを待っていた。梶は最後まで湯加減を見続けた。湯に手を入れて、温度を確かめる。少しぬるめにする方がいいのではないかという考えが一瞬頭をよぎったが、やはりいつもと同じ家元の体調を鑑みた湯加減にした。

梶は湯室に入り、家元からいちばん近いところに腰を下ろそうとすると、家元がこちらを見ていることに気がついた。近づいて枕元に座ると、家元は梶だけに見えるようにゆっくり首を横に振った。また急に体調が悪くなったのだろうか？　しかし、顔つきは先ほどよりもしっかりしているように見える。梶は頭の中で、様々な可能性を並べ、家元の心の奥の方まで想像し、それらを一つに結びつけようとする。

梶は立ち上がり、弟子たちに今日はもう帰るように告げた。

「しかし……」

なぜ、自分たちは今、湯を焚いたのか？　家元はそんなに病状が悪いのか？　梶は何か自分たちが知らないことを知っているのか？　弟子たちは戸惑い、何かしらの答えを求めていた。梶は首を振った。自分でも説明ができないのがもどかしい。しかし、家元が今は一人になることを望んでいると感じたのだ。なるべく静かな環境で、一人きりで。

梶よりも年配の師範たちが非難をするように梶を見ていた。梶は沈黙を保ちながら弟子たちに強い眼差しを向け続けた。やがて一人ずつ、家元に一礼をしてから立ち上がり、あきらめたように湯室を去っていった。最後の一人が部屋を出ると、梶も立ち上がり、庭に出て火を消える寸前まで細く小さく調えいつでも湯に浸かれる状態にした。檜の浴槽からはいつもと同じような湯気が上がっていて、それは梶の心を少し和ませた。

枕元に座ると、家元は薄く目を向け、また首を横に振る。お前もこの場から去れ、ということか。明らかに芳しくない状態の家元から離れることが正しいのか、梶はしばらく迷ったが、結局、一礼をして立ち上がった。しかしその時ふと、こんな疑問が湧き上がってきた。

誰かを待っているのですか？

家元の弱々しい顔を見つめ、梶は口を開きかける。だが、結局それは自分の頭の中に留めておくことにした。音を立てないようにそっと腰を上げ、部屋をあとにした。

日がすっかり暮れた頃、梶は庭に出た。草履を履いた足に夜の冷たい空気がふれた。今日の強い風で木が倒れていた。直そうと思いながら、湯を沸かしたり家元の様子を見たりしているうちに夜になってしまった。明日の朝でもよかったが、今日起きたことは今日のうちに済ませておきたかった。元に戻す作業はものの数十秒で終わり、庭を見回した。庭は春を迎える準備が整っていた。冬のあいだも手入れをしていたためか、養分をため込んだ十が出番が来るのを待ち構えているような、新しい活気のようなものが静かに満ちている。梶は小さく息を吐いた。木々に囲まれた空間にいると、自分がどのくらい気を張っているか気づかされる。膝を曲げて土に触れる。冷たさが心地よい。

その時、家の入り口の方から物音がした。梶は土から手を離し、耳を澄ませた。弟子の誰かだろうか？　そして、廊下を歩く音……。その音が乱雑なことに違和感を覚える。ここに出入りする中で、あんなに大きな音を立てる人はいるだろうか？　なにか妙な気配がある。梶は縁側から中に入り、家元の部屋に向かうことにした。泥棒の二文字が頭をよぎる。この家には湯道の銘品がたくさんある。なくもない話だ。そして何より、家元だ。病床の家元に何かがあったら――。

梶は急いで中へ入った。

家元が眠る部屋の襖を開けた瞬間、目に飛び込んできたのは、誰かが家元を布団から抱え上げている姿だった。

「お家元！」

その誰かはこちらに背を向けている。梶が仰天しながら上げた声にはピクリとも反応せず、家元をじっと抱きかかえている。半ばパニックになりながらも目をこらす。しばらく櫛を通していないであろう量が多い白髪とくたびれた上着。服の裾から覗く腕の感じから、家元とそう年齢の変わらない男だ。2人の姿越しに、男が開けたのであろう奥の部屋の襖から、湯気が立つ浴槽が見えた。梶の登場に男はまったく気を払っていない様子なのが不気味だった。

梶が部屋の入り口に立ったまま動けずにいると、家元が男の腕の中で目を開けた。まどろんでいるような目で、男の顔を見る。男も、家元の顔をじっと見ている。顔は微笑んでいるようにも見える。

「30年ぶりか……」

30年ぶり？　知り合いだろうか？

やっと梶は「誰だ？」と叫んだ。

「清(きよし)だ」

そう答えたのは、家元だった。

「清……」

「弟だよ。たったひとりの」

家元が小さな声で言う。頭の中に蓄積されていた、これまで弟子たちから聞いてきた噂話の一つを思い出した。そうだ、家元には弟がいた、と聞いたことがある。何十年も前に出て行ったきりになっているという弟。それが、この人なのか？　そしてこの人は今、何をしようとしているんだ？

「しかし……」

梶はとりあえず家元を床に降ろしてもらおうとするが、家元が静かに梶を見やり、言った。

「梶、うるさい」

梶は黙った。意味がまったくわからない状況にもかかわらず（そもそも、玄関には鍵をかけていたのに男はどうやって入ってきたのか？）、家元は妙に落ち着いてリラックスさえしているようだった。

そこまで考えて、はっとした。もしかして家元は、病床でこの弟が会いに来ることを期待していたのか？

男が家元を抱いたまま歩き出した。目の前には白い湯気が立つ檜の浴槽がある。浴槽の前に立つと、動きを止める。檜の浴槽と立ち上る湯気。家元を抱きかかえるひとりの男。一枚の絵のようでもある。

まさか、と梶が勘付くより早く、男は家元を、放るように浴槽に入れた。ざぶん！　と、これまで、この家で一度も耳にしたことがない勢いのある湯の音が響き渡った。

大きな飛沫が上がり、大量の湯が溢れ出す。その光景を見て梶はいよいよ腰を抜かしそうになった。ありえない！　湯道の作法として、絶対にあってはならない。むしろ、人の行動としてありえないではないか。溢れ出たお湯の勢いにおされた桶や花器など、浴槽の周りに置かれていたものも次々と倒れていく。めちゃくちゃだ。梶はあ然とした。自分が精進してきた湯道というものを、汚されたような気すらした。

家元。湯にばかり気を取られたが、家元、家元は？　死の縁にいると言ってもいい家元が、こんなに手荒なことをされたら……。畳の上を這うようにして浴室まで移動する。男は平然と、仁王立ちで湯船の中を見つめているだけだ。梶はやっと湯船にたどり着き、その中を覗き込んで驚く。家元はこれまで梶が見たことがないほど、気持ちの良さそうな顔をして湯に浸かっていた。湯面は投げ入れられた衝撃がまだ続いているのか、ゆったりと波打っている。その微かな揺れすら今の家元には心地よいようだ。身につけている寝間着がその揺れに合わせて家元の体の一部のようにゆらゆらと揺れている。梶は一瞬、その様を美しいと思った。

呆気にとられ何も言えずにいる梶の横で、男は仁王立ちの体勢から、しゃがみこんで、浴槽の縁に手を置いた。そして家元の顔をぐっと覗き込む。

「気持ちいいだろ！」

いたずらが成功した子どものように得意げに、にやりと笑いながら男は言った。

「あぁ……」

家元が恍惚（こうこつ）とした表情のまま、弟の言葉に答える。

男は突然、表情を引き締め、口を一文字に結んだ。その顔を見て、梶は目つきが家元と似ていることに気がつく。奥行きのある、人の心を見透かすような目。真顔の男には、平時ならたじろいでしまうような迫力があったが梶は堪えてその場から動かなかった。

「兄貴……湯道って、何だ？」

張り詰めた顔とは反対に、ゆっくりとささやくような声で男は家元にそう言葉をかけた。

30年前に家を出たという家元の弟。もしかしたらその時も今と同じ問いかけが、家元とこの男のあいだで交わされたのではないだろうか。この人はずっと、そのことを考え続けていたのではないか。重みのある声を聞いて、梶はそんなことを想像した。そして家元もその答えを伝えるために、弟の帰りを待っていたのではないだろうか。

家元は湯の中に身を揺蕩（たゆた）わせ、目をつぶったまま口を開いた。

「たかが風呂を、道と崇（あが）める。……まやかし、だ」

「まやかし？」

想像していなかった答えだったのか男が言葉を繰り返した。

「人が、何を、どう思うか……正解はぜんぶ、自分の中にある」

男は家元の顔をじっと見つめている。

まやかし、と梶もつぶやいた。まやかし？　足をすくわれたような気持ちになる。日頃、弟子たちや門下生が日々鍛錬し、磨いている作法とは真逆の粗雑な風呂。それであんなに恍惚とした表情をされてしまったら、修業に何の意味があるのだろう？　一方で、穏やかな家元の姿を見ると、それ以上のことは考えられなくなる。

まやかし、か。梶は混乱が続く頭の中で考える。業躰として、門下生たちの前でも師範たちの前でも、家元の前でも、動じないよう乱れないよう常に自分を律してきた。それをすべて破ってくるような、この目の前の光景。まだどう受け止めればいいのかわからない。家元にとっての正解が「まやかし」であるならば……自分の正解は、何だろう。自分が最も心地よいと思う湯は、何なのだろう。それと出会うために歩み続けるのが、道というものなのだろうか。

男はそれから何も言わず、ただ兄の顔を見つめている。その眼差しは柔らかく、優しかった。２人のあいだにあった隔たりが、溶け出しているようだった。梶はなぜか、今この瞬間も山の上で燃えているであろう、消えずの火のことを思い出した。

家元はゆっくりと目を開いた。以前のような、張りのある明るい声で言った。

「やっぱりいいなぁ、風呂は！」

そして幸福に満ちあふれた目で、弟を見つめた。

秋山いづみとまるきん温泉

夜の10時過ぎ、最後の客を見送り、いづみは表ののれんを外した。今朝まで祖母の茶屋にいて、山を降りて、それから銭湯を開けて、あのお客さんが来て……。密度の濃い一日だった。体は疲労を訴えているが、それを打ち消すような達成感のようなものが体に満ちているのが不思議だが心地よい。

中へ戻ると、史朗と悟朗が脱衣所のスペースに置かれている椅子にぐったりと座っていた。2人とも表情は明るかった。

「なんだか今日は、怒濤の一日でしたね」

そう言いながらいづみも椅子に座る。

「長かった……」

悟朗がしみじみと言った。史朗もうなずいている。

いづみは、あることを思いついて言った。

「みんなで入ります?」

太田というおじさんに向けられた2人の言葉。あれが本心だったかどうかを知りたいといづみは思った。２人の本音を聞くならば、やっぱり風呂に入りながらだろう。

「え、一緒に？」

史朗と悟朗が同時に声を上げた。

いづみは湯船に浸かった。少し熱い、いつものまるきんのお湯だった。天然の成分が入った名湯でもなんでもない、あの評論家のおじさんが言う通り、ただ水を沸かしただけのお湯。なのに、どうしてこんなに気持ちいいんだろう？

「やっぱり、まるきんサイコー！」といづみが思わず叫ぶと、「くれない茶屋に負けてないかも」と、壁の向こうから史朗の声がする。「うん、全然負けてない」

ふと、いづみは思い浮かんだことを口にした。「お父さんが見守ってくれているからじゃないですか？」

「いや、悟朗の仕事のおかげだ」と、史朗の声が聞こえる。「そんな、まだまだ……」と悟朗。悟朗の声は、史朗よりも幾分小さい。「いいのか……なのに……」と、途端に兄弟２人はボソボソと喋り始め、いづみにはほとんど聞こえなくなった。２人とも、互いを似ていないと感じているかもしれないが、いづみからすると、２人ともよく似ていた。いざという時、気が小さくなるところとか、怒るとすぐに自分を見失ってしまうところとか。

「そこの兄弟、何コソコソ言ってんの？」と大きな声を出すが、「ああ」「うん」とぼんやりした返事が返ってくるだけだ。

早く、続けるって言えばいいのに。いづみは湯船から出て、いちばん近くにあった桶をつかんだ。そしてそれを2回、湯船の縁に打ち付ける。響桶だ。

「どうするの？　まるきん、続けますか？」

いづみは少しだけ緊張しながら、男湯からの桶の音を待った。

なんとなく、悟朗とは背中合わせに脱衣所で服を脱いで、どちらともなく浴場へ向かった。

掛け湯をしてから湯に浸かると、あっという間に疲れがほどけていくようだった。そして史朗は自分が、湯に浸かれていることに気がついた。少し前まで、熱すぎて入れなかったのに。たまたまものすごく熱かった時に入っていたのか、今の湯がたまたま自分にとっての適温なのか。それとも自分が変わったのだろうか？　史朗は湯で顔をぬぐった。まあ、こんなに気持ちいいのだから、もう何でもいいか、と思った。

女湯の方から、いづみの声が響いてくる。

「やっぱり、まるきんサイコー！」

「くれない茶屋にも負けてないかも」と、史朗は返した。

「うん、全然負けてない」

すると「お父さんが見守ってくれているからじゃないですか？」といづみの声がした。父が話に出てきて、史朗と悟朗はそっと互いの顔を見た。

「いや、悟朗の仕事のおかげだ」

「そんな、まだまだ……」

史朗は声を落として続ける。

「いいのか？」

「……何が？」

「まだまだなのに、このまま、やめて……」

悟朗はじっと黙った。そして顔をバシャバシャと洗う。

「親父、何て言うかな？」

2人で話していると、急に声が途絶えたのを不思議に思ったのか、「そこの兄弟、何コソコソ言ってんの？」といづみの声が飛んでくる。

悟朗はいづみの言葉に少し笑ってから、

「兄貴さ」

「なんだよ」

「さっき、ここは遺物じゃない、とか言ってたね」

悟朗はそうからかうような口調で言った。

「……お前だって、風呂で人を幸せにするってことがようやく分かったんだろ？」

史朗がそう言うと、また2人で苦笑いした。

その時、女湯からカーン、カーンと音がした。

「どうするの？　まるきん、続けますか？」

響桶だ、と史朗は気づく。確か寿々屋の夫婦が言っていた……そうだ、1回がイエス、3回がノーだ。史朗は湯船から上がり、桶を二つ持ってきてまた湯船に浸かった。一つを悟朗に渡した。うなずきあい、桶を構える。女湯の湯船に浸かり、桶を手にしてじっとこちらの様子をうかがういづみの姿を想像した。

兄弟は湯船の縁に、桶を一度、打ち付けた。カン、と高らかな音が響いた。

エピローグ

長い列に並びながら、横山はまだ信じられない気持ちでいた。

湯道会館の広間には門下生たちが集まり、庭先に届くほどの長い行列を作っていた。広間の中央には美しい造りの檜の浴槽が置かれており、その上に横たえられているのが、二之湯家十六代家元その人だった。大勢の人間がいるにもかかわらず広間はひどく静かだった。衣ずれや誰かが鼻をすする音、そして家元の体に湯をかける音だけが、小さく響いている。

ゆっくりと進む列の中で、横山は時折、作務衣の胸元に忍ばせた手ぬぐいに手をやった。真新しい黒の手ぬぐいに刻まれた自分の湯名。手ぬぐいに触れると気持ちが落ち着いたが、同時に悲しみもにじんでくる。家元に、素晴らしい湯名を授けてくれた礼を言いたかったが、もう叶わない。

列のほとんど終わりの方に並んでいたため、横山の番が来た時には浴槽に眠る家元の体はたっぷりとした湯に包まれていた。

目を瞑り、合掌をする。そして左手で桶を持つと、浴槽の横に置かれた樽から湯をすくい、家元の足から胸元に向けゆっくりとかけていった。家元は穏やかな顔をしていた。それこそ、お湯の感触を楽しんでいるようだった。生前の家元の稽古を横山は思い出した。信じられないという気持ちが悲しみへと形を変えていく。しかし、悲しみはすぐに奥の方へ消えていき、そのあとから湧き上がってきたのは感謝の気持ちだった。湯の道の楽しさ、邁進することの喜びを教えてくれた、家元への感謝。桶を置いて、横山はもう一度合掌をした。そして深く、頭を下げた。

横山は浴槽のそばに立っていた梶と、見知らぬ老人に会釈をした。そして踵を返して列から離れた瞬間、その老人が、あの夜のまるきん温泉で会った人だと気がついた。あの時とは打って変わって、髪はまとめられ、きれいな着物も身につけていたが間違いない。目が同じだった。横山はようやく、その目が家元に似ていたことに気がついた。老人が叫んだ「湯に貴賤なし！」の言葉が脳裏によみがえる。思わず足を止め、振り返った。老人はまっすぐな目を家元が眠る浴槽に向けていた。

梶が受け取った名刺には「有限会社ＮＫエージェント　小林大悟」とあった。

「ＮＫエージェント……」

葬儀屋らしくない名刺を見て思わずつぶやくと、よくあることなのか小林はてきぱきとした口調で説明をした。

「NKは、納棺のNK、ですね」

梶はどう反応すればいいのか迷ったが、小林が穏やかに微笑んでいたので、自分も笑い返してみた。家元の冗談に弟子たちが、戸惑いながらも大笑いしていた稽古の数々を思い出した。その思い出にほんの少しだが気持ちが和んだ。

納棺師の仕事を間近で見るのは初めてだった。顔に薄化粧を施す、体を清める、仏衣を着せる……曇りのない、丁寧で美しい小林の所作に梶は思わず見入った。入浴点前にも似ていると感じた。

処置が終わり、顔を覗き込んで驚く。湯に浸かる前にいつもしていた、どこかわくわくとした表情が家元の顔に浮かんでいるような気がした。梶がこみ上げてくるものを抑えながら黙って頭を下げると、小林もゆっくりとお辞儀を返した。

湯灌の儀では、門下生たちが一人ひとり、家元の亡骸に湯をかけていった。この世で得た汚れや苦しみを流すための、最後の入浴。

湯灌の湯は、家元の弟と梶の2人で用意した。梶が汲んだ井戸水に弟が焚いた湯を足し、ぬるま湯をつくる。その湯を、門下生をはじめ関係者が家元の体に順番にかけてお別れをするのが二之湯家の習わしだった。家元のために調えた最後の湯が、その体の上を流れていく様子を梶は見守り続けた。隣の弟も、同じように家元の姿を見つめていた。

鷹揚だった家元とは違い、弟の方は口数が少なく近寄りがたい、冷たい印象があった。それでもやはり、家元と似ていると感じる自分が、梶は不思議だった。

二之湯家の襲名披露式典が行われたのは湯灌の儀から数週間後のことだった。

横山はそれまでの末席ではなく、前方の列に腰を下ろしていた。膝には黒い手ぬぐい。「斎正」という湯名を、横山は指でそっとなぞる。湯名を目にすると背筋がすっと伸びる想いがした。湯名はこれからの自分の道を示してくれる羅針盤であり、お守りでもあると、横山は感じていた。

襖が開き新しい家元が姿を見せた。やはり、と横山は思う。湯灌の時、家元のそばにいたあの老人だった。新しい家元は、長いこと姿を消していた先代の家元の弟だと聞いていた。

紋付袴姿の新しい家元が浴槽の前に腰を下ろすと、広間は水を打ったように静かになった。険しい表情やどこか常人ではない雰囲気に圧倒された者も多かったかもしれない。横山は、先代とはまた違う大ぶりで堂々とした動作に見入っていた。この人はどんな点前をするのだろう。

家元はしばらく何も喋らなかった。部屋の端にいる梶がその様子を見つめている。横山はその姿を捉え、ずっと仕えていた先代を失ったばかりの梶の心中を推し量ろうとする。喪失感は自分の比ではないだろう。しかし横山の目に映る梶は、それまでと変わらない凜とした雰囲気を身にまとっていた。むしろ、少し柔らかさが増しているようにも見えた。

新しい家元がやっと口を開く。

「湯とは何か？　と問われれば、私は太陽だと答えます」

それが第一声だった。

「私はこれから、新しい湯道を切り拓いていきます」

家元はそばに置かれていた桶を手に取り、二度、打ち鳴らした。カーンと気持ちのいい音が響く。そして、低くよく通る声で言った。

「これを響桶と呼び、湯道の新しい作法とします。第十七代家元　二之湯薫清」

式典が終わり広間を出て行こうとした時だった。横山はふと、先を歩く男のことが気にかかった。早足で近くまで寄ると、そこには知った顔があった。うつむきがちに歩くその人は、まるきん温泉で出くわした温泉評論家の太田だった。横山は息を呑んだ。

上質な温泉だけを求め、銭湯にもはや価値はないと叫んでいた太田。その太田がなんと湯道に入門したらしい。横山は驚くが、あの夜、まるきんから出て行く追い詰められたような後ろ姿を思い出すと、太田がまだ風呂と向き合おうとしていることを、ただ嬉しく感じた。

肩を叩いて、他の門下生の邪魔にならないよう廊下の端に寄った。太田は横山の顔を覚えていないのか、怪訝な表情で見返してくる。横山はその顔に笑いかけた。そして、

「湯の道へ、ようこそ」と言った。

この作品は書き下ろしです。

湯道（ゆどう）

小山薫堂（こやまくんどう）

令和4年12月25日　初版発行

発行人――石原正康
編集人――高部真人
発行所――株式会社幻冬舎
〒151-0051東京都渋谷区千駄ヶ谷4-9-7
電話　03(5411)6222(営業)
　　　03(5411)6211(編集)
公式HP　https://www.gentosha.co.jp/
印刷・製本―図書印刷株式会社
装丁者――高橋雅之

検印廃止

幻冬舎文庫

ISBN978-4-344-43266-6　C0193　　こ-24-3

この本に関するご意見・ご感想は、下記アンケートフォームからお寄せください。
https://www.gentosha.co.jp/e/